若水文库

她说，说她
Her voice, her story

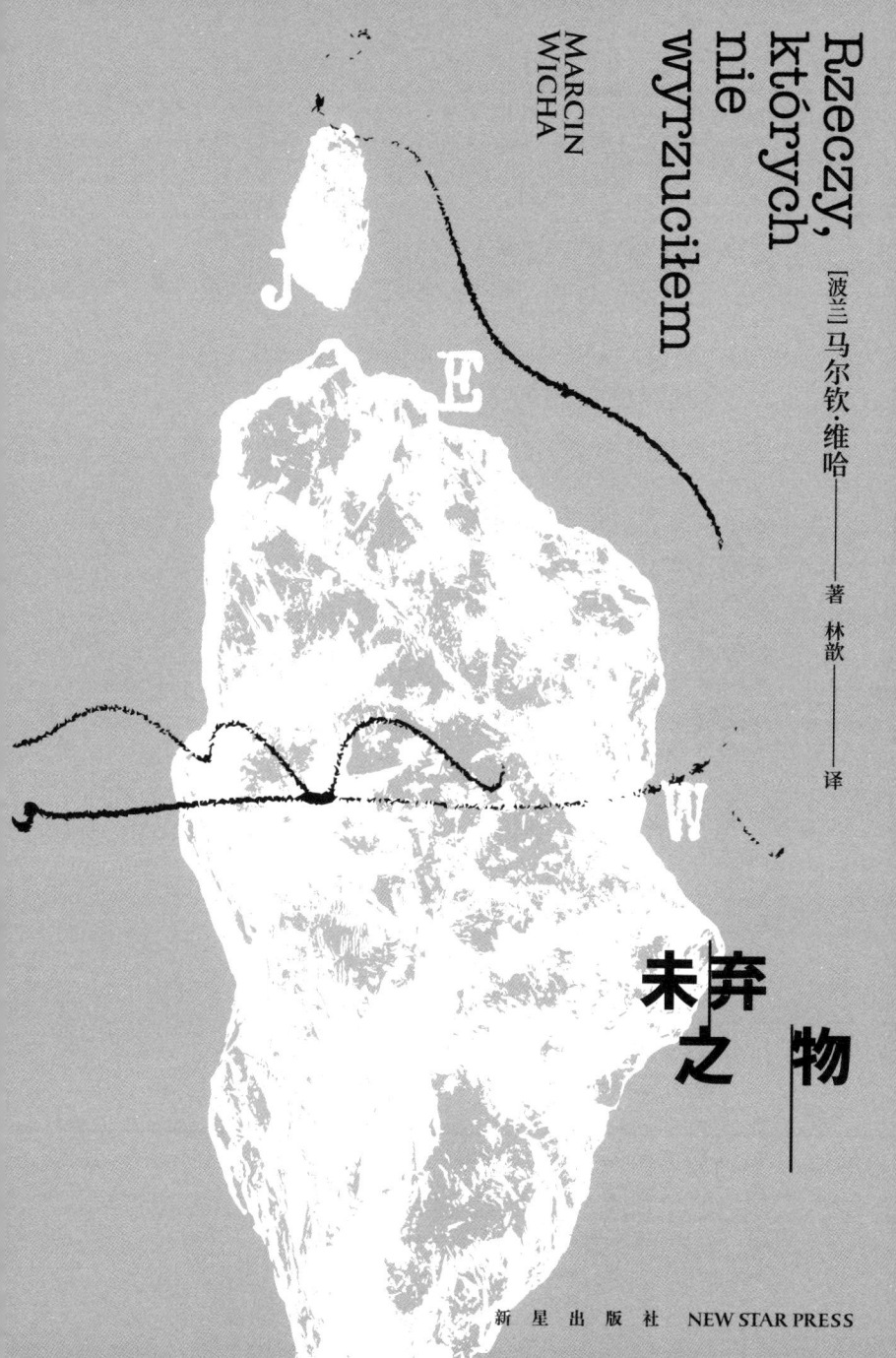

Rzeczy,
których
nie
wyrzuciłem

MARCIN
WICHA

[波兰]马尔钦·维哈 —— 著

林歆 —— 译

未弃之物

新星出版社 NEW STAR PRESS

Rzeczy, których nie wyrzuciłem
Copyright © Marcin Wicha, 2017
Simplified Chinese Translation copyright © 2024 New Star Press Co., Ltd.
All Rights Reserved.

著作版权合同登记号：01-2024-0283

图书在版编目（CIP）数据

未弃之物 /（波）马尔钦·维哈著；林歆译 . —— 北京：新星出版社，2024.5
ISBN 978-7-5133-5594-0

Ⅰ . ①未… Ⅱ . ①马… ②林… Ⅲ . ①纪实文学 – 波兰 – 现代 Ⅳ . ① I513.55

中国国家版本馆 CIP 数据核字 (2024) 第 064215 号

若水文库

未弃之物

[波兰] 马尔钦·维哈 著；林歆 译

责任编辑　白华召
责任校对　刘　义
责任印制　李珊珊
封面设计　冷暖儿

出 版 人　马汝军
出版发行　新星出版社
　　　　　　（北京市西城区车公庄大街丙 3 号楼 8001　100044）
网　　址　www.newstarpress.com
法律顾问　北京市岳成律师事务所
印　　刷　北京美图印务有限公司
开　　本　787mm×1092mm　1/32
印　　张　7.25
字　　数　121 千字
版　　次　2024 年 5 月第 1 版　　2024 年 5 月第一次印刷
书　　号　ISBN 978-7-5133-5594-0
定　　价　52.00 元

版权专有，侵权必究。如有印装错误，请与出版社联系。
总机：010-88310888　　传真：010-65270449　　销售中心：010-88310811

前言

这是个关于物品的故事，关于唠嗑的故事。换言之，这是一本关于词与物的书。这也是一本关于我母亲的书，因此，它读起来并不欢快。

我曾一度认为，只要我们还晓得如何描述一个人，就意味着我们还记得这个人。如今，我的想法变了：只要我们仍不晓得如何描述一个人，那么这个人就仍与我们同在。

我们之所以能把逝者占为己有，是因为他们已被浓缩成一幅画像，甚至是只言片语。沦为囿于背景的过客。直到现在，我们才得知，原来他们是这样或那样的人。直到现在，我们才能总结他们瞎折腾的一辈子，为不合理之处找到解释，画上句号，并打上分数。

但是，我并不能记住每个细节。只要我还不晓得如何去描述他们,他们就还活着。

四十年前——我也不知道,为何偏偏那场对话印在了我的脑海——我当时在吐槽波兰国家电台的某档教育类节目,我母亲说:"没人能把生活中的一切都化作笑谈。"这个道理我懂,但我就是不听劝。

我在那本关于设计的书[①]里提到,我们那几册《你和我》月刊里的食谱不翼而飞。借这次机会,我也会告诉大家,它们后来是如何失而复得的。

[①] 指作者在 2015 年出版的《为何我不再热爱设计》。后文注释如无特殊说明,均为译者注。

目 录

一　母亲的厨房

3 | 传家宝
8 | 只要
14 | 石头
16 | 废纸
22 | 封面
31 | 如何
36 | 给孩子们的书
38 | 谁来安慰
43 | 奥妈
56 | 最重要的一层书架

58 | 乌利茨卡娅
62 | 斯大林烹饪书
66 | 糖
67 | 加拿大
70 | 天气预报
74 | 剪报
83 | 戈贡佐拉
84 | 彩虹牌吸尘器
87 | 电动火车
92 | 够多

二 词典

99 ｜ 女司仪

104 ｜ 手写笔记

108 ｜ 打字机

116 ｜ 独门绝技之在邮局打嘴仗

121 ｜ 毛毛虫

125 ｜ 好比

127 ｜ 屁话一箩筐

134 ｜ 理论上

137 ｜ 沥青

143 ｜ 三月之后

146 ｜ 我们仍在谈论政治

149 ｜ 奇闻逸事

152 ｜ 米兰达

154 ｜ 脚注

156 ｜ 墨渍

161 ｜ 牌匾

164 ｜ 大独裁者

167 ｜ 你好，多莉

171 ｜ 门卫

174 ｜ 光

175 ｜ 灭绝

三 该笑就笑

217 ｜ 我留下的图书

220 ｜ 译后记

一、母亲的厨房

Kuchnia mojej matki

传家宝

她从不谈及死亡。唯一一次，是她朝柜子不经意地挥了挥手：

"你打算拿这些东西怎么办？"

"这些东西"指的是宜家家居里常见的组合柜。金属轨条，上墙支架，几块木板，几张白纸，几撮灰尘，还有小时候画的画，仍用图钉挂在上面。这还没完，还有一沓明信片，一些纪念品，栗子壳做的干瘪小人儿，去年用落叶做的假花儿。我得琢磨一下，该如何回答这个问题。

"妈，你还记得马里乌斯吗？我们一块儿上的学。"

"那孩子很听话。"我母亲回答道。她还记得，我不爱和他玩。

"几年前，我和玛尔塔一起去看望他丈母娘，还给他们捎了点东西。东西应该是给小孩子的，游戏围栏或者别的什么。"

"他家有几个小孩来着？"

"这我不清楚，但他丈母娘对他可谓赞不绝口。那时候她家屋顶不是漏水嘛，马里乌斯花重金给她换了全新的沥青瓦屋顶，还告诉她：'妈，钱的事你甭担心，毕竟这一切都会变成传家宝。'"

"马里乌斯混得还行吧？"

"我只知道他在一家律所工作。但妈，你也别挂念你这些传家宝了，有的是时间。"

可惜，时间不多了。

购物是我母亲的毕生爱好。对她来说，最幸福的时光，莫过于每天午后去逛商店。"走，上城里去！"是她的口头禅。

她和父亲总爱买些没用的小玩意儿。小茶壶，瑞士军刀，各种灯饰，自动铅笔，手电筒，充气颈枕，大容量化妆包，以及各种花里胡哨的旅行用品。说来也怪，他们其实从未出过远门。

有时，我爸妈跑遍大半个城市，只为寻找钟爱的茶叶，或是马丁·艾米斯新发表的小说。

他俩有最爱逛的书店，有最喜欢的玩具店，还有最常光顾的维修店。他们好友遍天下，且都是些心地善良的人，比如古董书店的老板娘，瑞士军刀店的掌柜，鲟鱼摊的大叔，还有那对卖立山小种红茶的夫妇。

每次购物，都仪式感满满。有一次，他们相中了二手灯具店里的一盏十分奇特的灯。卖灯先生，套用父亲的原话，乃是一位"热心公民[①]"。太传神了。

他们反复打量，探听价格，最后终于得出结论，买不起。于是便打道回府，备受折磨，摇头叹息。又暗下决心，若哪天发了财，这显然指日可待，他们一定会拿下那盏灯……

在接下来的几天里，他们句句不离那盏求之不得的灯。左思右想，该把那盏灯放在哪里才好看。同时，又互相提醒，别忘了那灯有多贵。自此，那盏灯便如影随形，成为我们家的成员之一。

父亲老给我们叨叨那盏灯的特别之处，还（凭借其惊人的视觉记忆）在餐巾上描摹出灯的样子，解释它的设计是如何精妙绝伦。还不断强调，灯的电线由一层织物绝缘层包裹着，几乎不见磨损的痕迹。对电木材质的开关，更是赞不绝口。

---

①在波兰人民共和国时期，政府部门等场合的人们多用"公民"（obywatel）称呼彼此。

我已经能想象出他拿着螺丝刀拆解开关时的兴奋样儿了。

有时候,爸妈还会坐车去那家灯具店,只为多看它几眼。我至今都没弄明白,难道他们就没想过顺便讲讲价吗?最后,还是买了下来。

他们二老堪称完美顾客。不但心慈面善,展露对新品兴趣的时候也小心客气。有一回,我爸在商场里突发心脏病,起因竟是试喝了一款弗鲁格牌的绿色果汁饮料。在最后一刻,我们还是没忍住开起了玩笑,甚至救护车的随行医生也被逗乐了。

父亲仅留下一条小溪流,电视遥控器,药箱子,呕吐盆。

那些无人触碰的物品,逐渐变得默默无闻,黯淡无光。化作河曲,沼泽,泥巴。

抽屉里塞满了旧手机的充电器,坏掉的钢笔,各种店铺的宣传卡片。旧报纸,损坏的温度计,压蒜器,刨丝器,还有那个,叫啥来着,名字很逗的,经常在菜谱上读到?小乌贼,对,小乌贼搅拌器。

这些物品并非毫无知觉。它们预料到自己即将被转移,被挪到不需要它们的地方,被外人的手倒腾。沾上灰尘,化作残片,布满裂痕,在陌生的触摸下一碰就碎。

用不了多久，就没人记得，哪些东西是在匈牙利中心买的，哪些是在德萨店①买的，哪些是在策佩利亚店②买的，哪些是在古董书店买的，哪些又是在经济大繁荣时期买的。头几年，商店还会给家里寄来用三种语言写的贺卡，还总会附上照片，上面是某种镀金小摆件，但这并不会持续很久。也许是商家对顾客失去了耐心，也许是店铺早已关门大吉。

没人还会记得这些东西，没人会告诉你，如何把裂了的咖啡杯粘好，如何更换电线（再说要去哪儿才能找到同款呢？）。刨丝器、搅拌器、漏勺全都成了垃圾，化作传家宝的一部分。

但是，这些物品时刻准备抗争，拒不认命。我的母亲也时刻准备着。

"你打算拿这些东西怎么办？"

不少人都问过我这个问题。我们不会消失得无影无踪。即便消失了，我们的物品也仍将存留于世，并化身沾满尘土的街垒。

---

① 即波兰人民共和国时期的艺术古玩国营商店（Państwowe Przedsiębiorstwo Desa），成立于 1950 年。德萨（Desa）即波兰语中艺术与古玩的缩写。
② 即波兰人民共和国时期的民间工艺国营商店（Centrala Przemysłu Ludowego i Artystycznego）的缩写 CPLiA 或 Cepelia，成立于 1949 年。

只要

"你写的是我?好吧,如果这就是你眼中的我……"要给我母亲戴上桂冠,真的很难,把她立为楷模,也不容易。说实话,无论从哪方面来看,她都是一个难相处的人。

我读四年级时,有这么一项作业:"请描述一下你的母亲。"不,应该是"妈妈"才对,学校都爱用昵称。天啊,饶了我吧,我是这样写的:"我的母亲有深色的头发,挺胖的。"小孩对尺寸和重量的认知与成人不同。

语文老师有两百斤重,她在"挺胖的"这个词下面画了一条横线。下笔力道之重,差点把纸戳穿。她在空白处刻下几个大字:夸大其词。一直以来,母亲都对教育体制嗤之以鼻,这次她反倒挺满意的。

母亲还有种特质,无论一个人多高尚,都会对此嗯嗯呃呃。再强调一遍:嗯嗯呃呃。而不那么高尚的人,从不会忌讳说出那个词。

她的脸部轮廓让人浑身不自在。她的长相……嗯呃,只需看一眼,就能猜到她的,嗯呃……嗯呃……族裔。什么族裔?——嗯呃,哎呀。

应该发明一种特殊的标点符号,一种能传达喉头一紧感觉的符号。逗号并不管用。逗号就像插到句子里的楔子,只能让你稍微喘口气,这里需要的是某种能被印刷出来的疙瘩、坑洼或是磕绊。

这副长相会招惹不少麻烦。我的一个朋友曾说:"N先生也并非不像耶日·科辛斯基①。"他这样说,并不意味着N先生就一定长得很像这位著名作家。N先生完全可以是一个又矮又横,像坛子一样,没戴项圈、没穿马裤、没佩马鞭的老实疙瘩,即便这样,他还是逃不了别人对他的嗯嗯呃呃。

借用朋友的句式,我的母亲"也并非不像耶日·科辛斯基"。"现在我已经是个犹太老婆子了。"她在1984年的一天说道。其实当时她比我现在还要年轻呢。但没错,她自己也

---

①美籍波兰犹太裔作家,在"二战"纳粹大屠杀中幸存。代表作《被涂污的鸟》《暗室手册》等。

被嗯嗯呃呃过。真的太嗯呃了。

母亲去世后，人们给她的好评不少。某位头衔很高的同学追忆，母亲大学期间成绩优异，大家一致觉得，她以后准能在学术圈里混得风生水起，留校任教也是板上钉钉的事。

然而，她的余生却是在华沙穆兰诺夫区的一家职业咨询室里度过的。公司在同一片区里搬了好几次家，最终还是驻扎在旧时中转营[①]附近的一栋房子里（文物保护专家可不是好对付的）。

就这样，母亲在早已不见踪影的隔都废墟上值班。穿着统一分配的白大褂——带子上写着她的名字，上面的墨迹都洗掉色了。她会向孩子们展示各种谜题匣子，每一套测试都以德国教授来命名。还有各种各样的迷宫，上了闩的城堡，几何形状的孔洞，成沓的画卡，考验常识的脑筋急转弯。你再想想看，别着急，哪幅图与其他图片不一致？还有时间。滴答，滴答，计时器乐此不疲地倒数着。

每逢春天，母亲都会给那些因中考失利而垂头丧气的女

[①]中转营，"二战"期间纳粹德国将华沙犹太人隔离区（或称隔都，getto）的犹太人送往特雷布林卡集中营之前的中转地。

孩们支着，告诉她们乌尔苏斯①的拖拉机制造修理技术学校还在招生。

而在一年中的其他时候，母亲会扮演另一种角色。她是政府部门委派的辩护人，是为拯救受教育体系压迫的倒霉鬼而成立的单人委员会，是长年累月遭受地狱般校园霸凌的普通孩子的律师，还是那群逃学成瘾、书写潦草、常犯拼写错误的可怜学生的监护人。也正因如此，除了我母亲，根本没人察觉到这群小屁孩竟对爆炸物、忍者刀以及保卢斯元帅②的信息了如指掌。

1987年，母亲与某个教化学、生物还是其他科目的狠角色杠上了，那个人算得上是华沙教育界的精英，在那位老师的无情教鞭下，罹患抑郁、焦虑甚至尝试轻生的少年不计其数。

在一次关于某名患者的论战中，母亲直言不讳："您真是位严师。"

"你的词汇也太丰富了吧。"我母亲的朋友在听了这件事

---

① 华沙市的一个区。1952—1977年是独立的市级行政区。
② 即弗雷德里克·威廉·保卢斯，纳粹德国元帅。1943年，兵败斯大林格勒，抗命投降，成为"二战"第一位被俘的德军元帅。

后夸赞道。

"我还能说什么。"母亲解释道,"我总不能对着一个愚蠢的贱货说她是个愚蠢的贱货。"

我妈的直言不讳令人生畏。也许她保持沉默,别人会舒服些,但她偏要发声。我们再怎么"嘘——""算了吧""小点声",她都当耳边风。

不少人说她是女强人。依我看,还不至于,但她的确很鄙视"无能为力"这四个字。在她的书架上,有本叫《现代疗法药物》的书(投医并非你的唯一选择)。她还有上百本食谱。她的笔记本上记着成千上万个电话号码,能应对任何状况。新旧年交替之时,由于那本笔记本的小孔和铁环类型罕见,我们总要大费周章去寻找合适的活页。还好总能找到,笔记本愈发鼓胀,绑带锁扣合都合不上。

正如唐[①]在《教父》里所说的:"唯独有影响力的朋友才是真正的财富。"我觉得,他指的不是修洗衣机的师傅,就是提供私人电话号码的医生。

母亲常教导我,友情重于亲情,她能依赖的人只有高中

[①] 《教父》里的尊称。

的那帮好姊妹。

除此之外,她也没少和书报亭老板发生口角,她坚持让后者在卖《选举报》①之前先把里面夹着的广告单抽出来。要是老板不听劝,她就会拿起报纸摇个不停,直到里面夹着的传单、电器价目表、优惠券和小样都如骤雨般统统落下。

她尤其看不惯《圣人与神迹之四:漂浮术、分身术、妙手回春》之类的小册子。就连定期出版的朝圣地选集在母亲面前也只能乖乖就范。

"但你不会死,对吧?"有一次我这样问道。

"我会死。人终有一死。"

"但你不会死,对吧?"

"我会死,只要你不再需要我。"

那时我才五岁,一开始我还觉得我得到了一个想要的答案。在死亡这件事上,做任何谈判都非易事。套用工会成员的话术,我已尽可能争取到了现有条件下的最大利益。直到后来,我才意识到,她其实是在跟我谈条件:"只要你不再需要我。"只有无用之人才会死。百分百纯正的犹太母亲。

---

①波兰大报之一,代表中左翼阵营。

石头

沉甸甸，黑褐色，形似一大块黄油。当时家家户户的必需品：夏天，会用它来压住腌黄瓜、茴香、大蒜的陶罐盖子。这是母亲的石头。

父亲的石头毫无用处。他特别喜欢鹅卵石，上面的条纹光亮鼓凸，有的血红带孔，有的乳白，有的深灰。

他对地质学并不感冒，勉强能区分石英、花岗岩还有和贝壳融为一体的石灰岩。砂岩是用来砌建筑外墙的，大理石是用来造墓碑的，沙砾是用来铺花园小径的。他还是那种喜欢低着头走路的人，绝不会放过任何一种完美的石头样式。他爱在海边捡玻璃、陶瓷碎片，从不会瞧不起泡水膨胀的砖头，并把这种砖制鹅卵石称为人工与自然的结晶，爱不释手。

他会把石头揣兜里，度假归来时，捎几块，不知该拿它们怎么办时，就把它们堆在花盆里。在我们家，从微型猫脸蛋儿①下长出来的倒霉橡皮树可不止一棵。在微观层面上，它们可谓与行道树同病相怜。

父母从没为这件事吵过架。他们本来就不怎么吵架。他们像是两股相克的力量，两块相互挤压的地质板块。母亲负责抱怨，父亲负责抗议。夫妻俩立场鲜明，但又势均力敌。偶尔会在家里留下些岩浆和火山灰。

父亲去世后，母亲仍继续养护盆栽。到花店买肥料，买驱蚜虫的喷剂。如果非得出远门，她会给盆栽装上一个接有陶瓷管的点滴器，让水滴灌进泥土里。即使这样，水也很难长驱直入，渗到植物根部，但母亲绝不会因此扔掉猫脸蛋儿。

她偶尔会挑一块漂亮的石子，把它放在父亲的墓前，但没过多久就会找来新的石头，填补花盆上的空缺。如果指望父亲不在暴政就能缓和，天竺葵和蜡棕榈未免也太天真了。

---

①鹅卵石路的俗称。

废纸

> 买书者喜,卖书者忧。
>
> ——尤里·特里丰诺夫[①]

如今她已不在人世。我在她的屋里,独自坐着。一切都消失不见了。书除外。

书,一直都是我们的背景板。不管望向哪里,都有它们的身影。单凭书脊,我就能认出是哪一本书,就算看不清上面的黑色书名也没关系。我用这些书来占卜我的一生,苦苦寻找里面的笑点。不过,我现在要做的,是给朋友们打电话。

第一通电话。

"我们想问问,你是否愿意……"用第一人称复数,是为

[①] 苏联作家,曾在 1938 年肃反运动中被打压。

了暗示，这件事已经通过家庭的一致决议，言外之意是"遗嘱执行人希望托付"或是"难道还有别人能接管吗？"——"也许你想来看看，此处供应大批心理学书籍。"

"别打我的主意。"

"先来看看再说嘛。"

"我们已经没地儿搁了。而且我已经和齐格蒙斯立下了规矩，每买一本新书，都要出掉一本旧书。"

"谁说要你买了？"

"不要。"

第二通电话。

"母亲一定希望你……"

"不要。"

第三通电话。

"这儿有些书也许是你的。我想还回去。或许你还想要点什么别的？来点犯罪小说怎样？"

"我早就不读犯罪小说了。"

第四通电话。希望的曙光乍现。

"我们有一些书想处理掉。"

"有没有关于犹太人,但与大屠杀无关的?"

"你说的是《新约》吗?"

古董书店。搜一搜吧,谷歌,搜一搜吧。

"全国收书,价格感人。"无人接听。

"免费上门,一口价,只收现金。"无人接听。

"我们上门收书。"但接电话的人表示既不上门,也不收书。

最后好不容易找到一家。

"我有一些书着急处理。"我直入正题,抑制住解释为何要卖书的冲动。我也不想解释,只希望这些书能自由扩散,像被父亲一气儿撕毁的银行来信一样,四处飘落。如同大楼爆破后的砖瓦,等待被移植的器官。

"我想处理一些书。书太多了。"

"什么时候?"古董书贩子问道。

"这周吧。"

"那还是算了。我最快两周后才有空。"

"两周就两周。有很多文学作品。九十年代的小说。装帧精美。"我自卖自夸了一下,"雷比斯出版社——"

"这个我熟。"

"……还有一套四册装的百科全书,波兰科学出版社的。"我补充道。我没说,这部百科全书是戒严时期①出版的,每一册的封皮都不一样。

"恕我直言,废纸一堆。"

"还有各类指南。"别自讨苦吃了,我就不提那本《抗癌食疗》,毕竟事实证明它并不管用。

"废纸。"

"词典呢?"

"废纸。"

手里拿着斯坦尼斯拉夫斯基两卷本的我顿时像个傻瓜。

"不会还有波兰经典文学吧?"书贩子用狡黠的语气问我,"显克维支?莱蒙特?热罗姆斯基?"

"当然不是!"我撒了谎,"哎呀,普鲁斯的或许还有一些。"

"废纸!奥热什科娃,废纸。东布罗夫斯卡,废纸。这类书我早就不收了。"

---

①指波兰人民共和国1981年12月13日至1983年7月22日的一段时期,当时波兰共产党政权在国防部长沃伊切赫·雅鲁泽尔斯基的领导下成立救国军事委员会,以发布戒严令和成立军政府的方式对波兰人的日常生活采取了严厉的限制措施,以试图压制政治反对派团结工会。

书架顶层某个地方还藏着一些普鲁斯作品的"残部",有《女性解放运动者》《法老》以及《每周纪事》残卷。

合辑类的出版物看上去就像军队。可惜如今原本绿色的封皮变得支离破碎、黯淡无光且布满尘埃。仿佛被击溃后士气低落的连队。"嘿,白桦啊,嘿,哭泣的白桦啊,你悲怆地沙沙作响,伴随着他的四海为家。"普希金近卫军曾驻扎在深蓝色的封皮上。如今只剩下第十四卷了,不知为何唯独这一卷被从轻发落。

"绝对没有普鲁斯!"我又撒了个谎。

"您先把书包好,我再过来验货。"古董书贩总算答应了。

我还有什么可说的呢?人家想收购的是藏书。在书主过世后赠予图书馆或者博物馆的书,才是真正意义上的藏书。母亲留给我的,只是些普普通通的书罢了。除此之外,我们未曾想过,它们是否还有别的名称。这就像"沙龙"和"客厅"。[①] 我们的这些叫书,它们待的地方叫客厅。

已经不再流行的流行小说。已经不再必读的学校必读书目。合集里的选集。缺了战争的和平。近卫军战士世界末日

---

① 波兰语里客厅还可以叫"沙龙"(salon),来自法语。

的第一天。不完整的日志。被遗忘的处女作。尚未分卷的多卷本文集。

还有一本关于林德伯格①座驾的读物，特别好玩儿。它是我三十年前从东布罗夫斯基街旁的一家书店里淘来的，我深深迷上了圣路易斯精神号单翼机的技术图纸（书里甚至给出了螺旋桨的直径）。有那么一瞬间我坚信，我能成为飞机结构设计工程师。就连母亲都被我说服了，尽管她常常对我的宏图表示怀疑。她告诉我："你想要什么书，我都给你买。会读书的人，至少不是个白痴。"

每家图书馆都见证了我们家失败的阅读经历。

图书馆很少有我们真正喜欢的书，重读后仍喜欢的书就更少了。绝大多数的书，都是某些人留下的纪念物，这些人是我们想成为的人，是我们想模仿的人，是我们误以为自己是的人。

---

①查尔斯·林德伯格，美国飞行员、发明家、探险家与社会活动家。于1927年驾驶单翼机"圣路易斯精神号"，自纽约向东直飞巴黎，成为史上首位成功完成单人不着陆飞行横跨大西洋的人。

封面

四十年代

四十年代的书全是大开本。棕色、淡绿色、米黄色。泥土的颜色，劣质印刷的颜色。薄薄的纸皮封面看起来总是大半码，还容易散架。我再怎么小心翼翼，书页还是一张张地脱落。

文学经典。我还在犹豫是否要挽留剩下的这些。狄更斯、左拉、屠格涅夫，还有一本不知是啥，缺了封面，但写着一行字：KDK 订阅会员年度赠品。

重建，是那个时代的主题。马泰乌施·比尔库特[①]在搬

[①] 波兰人民共和国时期的虚构劳模，曾在波兰著名导演安杰伊·瓦伊达的《大理石人》和《铁人》中出现。

砖。读者出版社①的印刷厂热火朝天。那个时代的人需要点什么来掩盖灰烬。需要书墙。需要普希金、罗曼·罗兰、"生产小说"②。随便什么都行。

我还记得，爷爷奶奶家里巴尔扎克小说的草绿色栅栏，《世界史》的木桩城墙，《大百科全书》的万里长城。

五六十年代

变化开始了。火花出版社出了一些别致的小开本图书。《惊悚故事集》、犯罪小说、条纹封面的《麦田里的守望者》，杜鲁门·卡波特的作品，里面有姆罗多曾尼克③的黑白插图。

"尼刻系列"④的时代到来了，该系列的封面构成了我们书架五颜六色的"地形剖面图"，这是标志着六十年代的"岩层"。

---

① "二战"后波兰历史最悠久的出版社，成立于1944年，在1945—1948年被认为是波兰文化中心，主要出版文学与人文著作。
② 生产小说，曾流行于"二战"后斯大林时期的苏联以及部分中东欧国家的小说形式，主要刻画当时的社会主义改造、工业化大生产以及阶级与意识形态斗争。
③ 詹·姆罗多曾尼克，20世纪50年代在美国海报文化与自身审查体制之间对抗生存的波兰海报派代表人物，惯以黑色粗线为色块勾边，并引入随意的手写字体参与构图，将波兰海报的手绘特点发挥到极致。
④ 读者出版社最早的口袋书系列，出版于20世纪50年代，主要为当代欧美文学译著。其标志性封面取材自希腊神话中的胜利女神尼刻。

如今书脊早已褪色，米黄色中带着点桃红、淡青、靛蓝，就像百岁老人的眼睛一样模糊。然而，当我把书取下来时，却发现书本正面的颜色依然鲜艳如初。维尔高尔小说陈旧的封面闪着紫光，直至它消失在箱子里。

小公寓配小开本，小小的稳定，小小的车子，小小的华沙公国。《老先生卡巴莱》①的歌词，里面全是小道具和小角色，小丫头，小寡妇，小女子。当然少不了"一点儿男人"②。

此外还有：

- 小车站；
- 小路灯；
- 小脚丫子和小拖鞋；
- 小小的忧伤；
- 不大的爱情；
- 不大的冲动。

---

①波兰 20 世纪 50 年代末至 60 年代中一档广受观众喜爱的电视节目，其中的"老先生"指节目中的两位演员：耶热米·普什博拉（Jeremi Przybora）和耶日·瓦索夫斯基（Jerzy Wasowski）。卡巴莱是一种集歌唱、舞蹈、笑话于一体的讽刺表演短剧。
②指该节目的主题曲《每天来一点儿男人》（*Odrobina mężczyzny na co dzień*）。

六十年代末,我父亲把一张瓦多夫斯基风格[①]的桌子的腿给锯短了。手法非常精准,四足落地活像一条"腊肠狗",多年后一直稳稳地站着。(我还能拿它怎么办呢?)

父母与他们的首套小公寓。黑白照片里的他们显得个子很小,表情稚嫩。还会再长肉,再发胖,头发变白,不断工作,努力奋斗。他们有责任心,有时很投入,但从未真正长大成人。从未变成老人家,从未变得和他们的父母一样。在他们体内,似乎保留着某种六十年代特有的尺度感。

官方汇率下的七十年代

在实用主义的支配下,钞票上画的都是肖像画。正如波兰纸币设计师安杰伊·海德里希所言,肖像是最难伪造的。有一丁点瑕疵,下笔力道过重,眼皮勾线有丝毫偏差,冒牌货就以另一张脸示人了。

伊芙核反应堆[②]四周的放射线。构成哥白尼头顶光环的行星轨道。军旗、将军肩章的折杠。乐谱的音符……这些细

---

① 1926 年成立于华沙的"瓦德"艺术家合作社(Spółdzielnia Artystów "Ład")所秉持的艺术风格,其家具设计以简洁、实用,但不失品位著称。
② 波兰首座研究型核反应堆,启动于 1958 年,命名为 Ewa,为波兰语中"实验""水""原子"三个词的首字母缩写,同时也为了纪念玛丽·居里的女儿伊芙·居里。

节只会让伪造难上加难。

总而言之，单凭肉眼即可分辨钞票的真伪。伪币的脸部特征总是带着些许陌生感。

正因如此，收银员才会拿起纸币，放到眼前端详，看看瓦尔特将军[①]的眼神是否过于犀利（毕竟他的眼神如果足够犀利的话，就不会发现不了"赫里纳"与"斯塔哈"游击队），看看卢德维克·瓦伦斯基[②]的眼睛是否近视，看看斯塔尼斯瓦夫·莫纽什科[③]是否不安地瞅了身旁马车队一样延绵不绝的零一眼。

海德里希还是读者出版社的首席画师，但他设计的封面里没有肖像画。每一个物件，每一个身影，看起来都像是某种象征符号，身后则是互相缠绕的装饰物。

---

① 此为化名，真名为卡罗尔·希维尔切夫斯基，波兰裔苏联红军将领，曾参加苏波战争、西班牙内战、第二次世界大战。1946年2月任波兰国防部副部长，不久遭乌克兰反抗军（即后文的"游击队"）路边袭击后牺牲，后波兰以此为借口开展强制迁移本土乌克兰人的维斯瓦河行动。被奉为波兰人民共和国英雄。瓦尔特将军的头像出现在波兰1975—1994年五十兹罗提纸币上。
② 19世纪波兰社会主义运动家、理论家。冷战期间被誉为波兰社会主义运动的开创者。其头像出现在波兰1975—1996年一百兹罗提纸币上。
③ 波兰作曲家、指挥家，其创作具有浓郁的民族色彩和强烈的政治倾向，被誉为波兰民族歌剧的创始人。其头像出现在1990—1996年通货膨胀期间的十万兹罗提纸币上。

海德里希以他独有的克制，设计了一幅又一幅或滑稽可笑或情感泛滥的封面。

海德里希不做买卖。他建立了一套等级制度，他就是波兰文学的国家银行。伊瓦什凯维奇①的面额最大。紧随其后，绝对值得一提的是雷沙德·卡普钦斯基②。下一位是塔德乌什·康维茨基③。尤里安·斯特雷科夫斯基④。外国文学的话，则是约瑟夫·罗特⑤，亨利·詹姆斯，E.M.福斯特。

这套货币曾相当稳健，其汇率一成不变，受政府把控，直至破产之日。

八十年代

纸张短缺。这是委婉说法，也是当时最常见的词汇之一。

纸张短缺影响了天主教报刊。纸张短缺导致书籍多年来一直未能付印。用纸紧张——托它的福，我才不得不把一沓

---

① 雅罗斯瓦夫·伊瓦什凯维奇，波兰著名小说家、诗人、翻译家，代表作有长篇小说《名望与光荣》。
② 被誉为20世纪波兰最伟大的记者，也是波兰最著名的报告文学作家。
③ 波兰作家和电影导演。曾参加1944年华沙起义。
④ 波兰左翼记者、作家，被认为是社会主义时期波兰最出色的犹太裔波兰作家之一。
⑤ 20世纪上半叶最重要的德语作家之一，出生于奥匈帝国东加利西亚地区（今波兰东部）。

又一沓旧报纸搬去废纸回收站。一个被割了耳朵的男人把报纸压实,放到秤盘上,然后给我开收据。谁不交收据,谁就没毕业证——学校都是这样吓唬人的。

想要厕纸,得靠打猎。想要卫生棉,得靠打猎。要到乳品厂搜刮印有图案的油纸。笔记本是灰褐色的。领画板得排长龙。为了一刀纸[1],要写配额申请。地下报纸也是极小开本的。

八十年代,纸张短缺达到顶峰。出现了所谓斑马书,每个印张用的都是不同类型的纸,裁边如同地形剖面图,每层颜色不一,有白有黄也有灰。"是故意设计成这样的吧?"我的孩子看了看赫瓦斯科[2]的书后问道。

直到转轨时期,一切才重获光泽。书的封面闪闪发光,广告传单在阳光下跃动不已。1989年后的很长一段时间里,都可以有底气地说,传单、海报和小册子都是用白纸印的,这还不够,得用白得发亮的纸来印。风度翩翩的电视主持人向我们保证,还可以变得更白。衬衫变得更白,桌布变得更白,连牙齿也变得更白。

---

[1] 即五百张纸。
[2] 马雷克·赫瓦斯科,波兰著名作家、编剧。

九十年代

最先是国家出版局①的黑色系列，数十册书都有黑色亮面书脊。出版商犹豫不决，不知该把书名写在书脊的上面还是下面。毫无章法可循的印刷方式，让我们的书架变得更加丰富多元。九十年代如期而至，我的父母开始买雷比斯出版社的小说。

这些书的封面都很光鲜亮丽，就像照片一样。图库时代还未来临。那时候的人们还是老老实实地使用法布里亚诺水彩纸、碎布料、玻璃珠、外国地图、假叶子、沙堆里涂有薄清漆的鸡尾酒伞，来拼凑出一幅幅作品。

好一番景象。身着黑色正装的公务员，秩序井然地并排站着，他们身旁突然冒出一群得意扬扬的嬉皮士。父母不再出游，转而疯狂买书，我们的书架也因此过上了暑假。

"这本好吗？"我满腹狐疑地问道。

"呃……"父亲回答道，"有四百七十二页呢。"

他买唱片的时候，也总会去查看播放时长。格伦·米勒②，七十七分钟，这张唱片一定不错。

"还有这书的评价还蛮高的。"父亲仍在替它说好话。

---

① 该出版社创立于1946年，总部位于华沙，现为国属文化机构。
② 美国爵士乐队带头人、长号手。

"哪里的评价？"我继续问，那时我还小。

"封面上的评价呀。"父亲答道。

还真不赖。书的标题下方有一个醒目的黑色方框，用小号斜体字向读者承诺道："精妙绝伦，令人拍案称奇。——《泰晤士报》"，不时还会亮出一些我们闻所未闻的文学奖项（唐杜里年度最佳处女作奖、1992 年 Joe Doe 大奖[①]）。

如果评论家憋不出一句好话，那么双引号就会一并消失。方框里只放一句：您手上的这本乃是该作者最得意的小说（当然了，与上一本相比）。

上面所说的一切，都让我父母的良心谴责云消雾散。五彩斑斓的书架不断生长。九十年代似乎就是最好的年代了。

我正在擦拭书上的灰尘。防静电抹布像浴巾一样。就快擦干了，身子很快就暖和起来了。一会儿就好了啊（嘭一声，书落到箱子里）。

[①] 这两个奖项并非真实存在。

如何

她有恐惧症。他有恐惧症。他们都有恐惧症。母亲爱说行业黑话。某处警笛响了,门砰一声关上,轰隆隆。高水平的恐惧——她常这样说。

行业黑话真了不起。我还记得我母亲的某个"三月前"[①]老师,一位满头白发的教授,在谈到卡夫卡的生平时,插了一句:"对了,他的心理障碍也不轻。"这三言两语,就解决了一个家伙。甚至没有动词谓语。"也"这个虚词,把卡夫卡划入大量同类案例中。弗兰兹啊,你这个可怜虫。

也不轻。我终于理解,母亲选择这份职业时,是如何考

[①] 这里的"三月"指 1968 年波兰政治危机(又称波兰三月事件),即学生、知识分子因对时局普遍不满,参与了一系列的抗议活动。在第三次中东战争的国际背景下,抗议者被当局认为是犹太复国主义者,由此波兰内政部发起反犹运动,导致大批犹太人离开波兰。

量的。这是母亲一贯的说话风格。绝不说一句废话。绝不动之以情。也许是在大学里学来的。高水平的恐惧。情绪的低落。正常的边界。

母亲尽己所能地补齐专业领域的藏书。书架顶层陈列着一些浅绿色和土粉色的大部头。它们的封面着实难以让人提起兴致,给人一种身处心理健康咨询等候室的错觉。她的专业兴趣都浓缩在以下书名里了:

《恐惧症》

《恐惧症、愤怒与攻击》

《忧郁症》

《精神分裂症》

《性暴力》

每一本书该怎么放,都是母亲深思熟虑过的,不同书脊的排列,编出了一个个故事,其中一些不乏讽刺意味。

《心理分析导论》

《心理分析革命》

《心理分析》

《心理分析的黄昏》

书名里经常出现"发展"这个词(近五年内你有何发

展?)。发展,未发展,欠发展。这个词特别吓人,悬在每所学校的头顶,阴魂不散。控告与判刑。"欠发展。"老师们大声宣布,"特殊学校在等你。"

《儿童心理发展》

《儿童道德评价发展》

《青春期的心理障碍》

《智力、意愿和劳动能力》

《年轻人与犯罪》

看一眼这套书,就能想象出一个愁眉苦脸、脑子不太灵光的毛头小子,不好好进厂打工,反而染上了坏习气——这是道德评价体系发展不充分的必然结果——最后落得被带上少年法庭的下场。

书架的下面几层,则标志着浅色软封皮时代的到来。母亲专门腾出一整块区域,用来放愉悦身体、解放灵魂、消除负罪感相关的书籍。首先需要做的是排毒(近十年"有毒"荣获形容词大众喜爱奖)。

《有毒的父母》

《有毒的家庭》

《有毒的工作》

《独生子女》

她把《独生子女》与这几本放在一起,让人倍感不安。旁边是一本畅销书:

《有毒的爱情:如何从中解脱》

九十年代是疑问代词"如何"的王国。一切皆有可能。尘封多年的难题,都在这些数不清的书中等来了解药。答案唾手可得。只要你懂得"如何"。

《如何战胜抑郁症》

《如何挽救一段关系》

《如何培养一个幸福的孩子》

《如何在被愤怒支配之前支配愤怒》

《如何摆脱烦恼的折磨,拥抱幸福积极的人生》

《如何伸出援手》

《如何谈吐》

《如何倾听》

在共产主义的世界里,唯一延续的是练习延续的艺术。持有资本,不挥霍订金,当个中规中矩的人。在资本主义的世界里,人们练就的是变化的艺术。如何锻炼大脑,如何刺激肌肉,如何减掉几公斤肉,如何当个好父亲,如何做个理智的消费者,如何当一具健康的行尸走肉。下面这几本书则流露出一丝乐观。

《安全的家》

《为了学生的学校》

《脱离恐惧的学校》

《接受自己,接受学生》

《教育使人富足》

《足够好的父母》

《克里奥在玩耍》

我有理由相信,最后那本故事书应该受到了睡前读物《大红狗克里弗》①的启发。它被塞到一堆抑郁症和进食障碍的书里面,等待孙女的到来。母亲真是事无巨细,我甚至还找到了一本名为《我如何清算父母的房产》的书。我还是留到以后再看吧。

---

① 20世纪70年代曾在美国风靡一时,作者是诺尔曼·伯德韦尔。

给孩子们的书

我母亲也是个很了不起的奶奶,对所有乐高积木批发部了如指掌,常常光顾益智玩具爱好者小商店,里面一应俱全,总能找到最适合孙女这个年龄段的拼图、烧脑玩具和促进智力发展的积木。

母亲用来折磨她儿子的那些见怪不怪的心理测验,到了我孩子这儿,竟变成了极具亲和力的、五颜六色的玩具。只用了一代人的时间。

她最爱逛的商店逐一倒闭,无一幸免。她眼睁睁地看着一家又一家店铺与这个世界分别。一旦碰上闭店大甩卖,她会拿下店里的存货,踏出店门时,里面已空空如也。

有些商店濒临破产,宁愿孤注一掷,推出一堆劣品次货,也不愿坐以待毙。对于这种商家,母亲坚决抵制,转而寻找下一位有自毁倾向的企业家。

她还是一位严格的儿童文学读者。书架上摆放着不少既精美又有思想内涵的书。这些书的插图丰富，既有讲同性恋企鹅的，也有讲边缘型人格障碍小熊的，还有讲小兔子洞穴突遇战火的。少不了关于难民松鼠的小册子。还有本书的插图呈现的是一片灰蒙蒙的景色，乌云密布的天空，不折不扣的黯然无光（色谱：卢甘斯克之秋）。

同时，她也懂得欣赏真正的媚俗作品。芭蕾舞校里的老鼠。让人目眩神迷的超现实图画，上面隐藏着成千上万处细节——这些图画足以让人看上好几个小时，一件又一件微型道具轮番上场，最终你会发现，影子下藏着的小方框中，有一张达盖尔银版照片，那某只老鼠的曾祖父（蓄着络腮胡，叼着陶瓷烟斗——难以置信——烟斗上还画着一只身穿冒斯特里茨[①]军装的小鼠）。

"我干活，是为了永生。"她曾说。她一直都在构建他人的回忆。她希望孩子们有朝一日能明白，在奶奶家度过的每一天，读过的每一本书，看过的每一部电影，都曾是唯一真正的恬静时光；只有在她家，才有安全感。也许，她说得没错。

[①]疑为德语老鼠"Maus"一词与战役名奥斯特里茨（Austerlitz）的组合，后者为19世纪初拿破仑战争中的战役之一。

谁来安慰

我还记得那个我们苦寻《谁来安慰托夫勒》[①]的秋天。这本在托芙·扬松[②]所有作品中算篇幅短的,薄薄的小册子里插图却不少。除了书名,里面的内容我都记不太清了。

但在当时,每天下午,我都会和母亲去逛马达林斯基街一栋新房子里的书店。如今这栋房子早已不复当年,里面很可能还新开了银行、药店或者手机营业厅。

其中一位售货员看起来要比其他人更好说话。在这方面,母亲的直觉一直都很准。她总能找到工作人员当中最薄弱的

[①] 书中主人公托夫勒在不同语言版本里译法不同。此处采用已出版的中文译名,该译名系英文版译名(Toffle)音译。瑞典语原版为克尼特(Knyttet)。波兰语版译名是马丘佩克(Maciupek)。
[②] 母语为瑞典语的芬兰作家、小说家、插画家和漫画家。1966 年获国际安徒生文学奖。

一环。

就这样，我们日复一日地在街上大步流星，蹚过掉落满地的杨树叶，只为了问一个充满仪式感的问题：

"有《谁来安慰托夫勒》吗？"

其实，我们并不指望得到一个肯定的答复。哪怕托夫勒一大早到店，也会即刻售罄。母亲前脚还没踏出心理咨询室，或我还没放学，它就从书架上消失得无影无踪了。

那么，为什么我们要连续好几个星期都跑去柜台前，重复说同一句台词呢？因为我们在实施一个让店员心软的长期计划，告诉她我们非常想要这本书，我们比同一片区的其他居民都更渴望得到托夫勒。我们比她那个在肉铺打工的好姊妹的傻外甥更值得拥有托夫勒，尽管她能因此换来不少香肠或牛肉。我们绝对也比那些退了休没事干，每天早上四处晃荡，把刚到店的所有好书都搜刮一空的糟老头要更值得拥有托夫勒。

有个家伙让我们特别恼火。他每天西装革履，头顶光秃秃的，却把两侧头发往中间梳，最擅长的就是玩暧昧、拍马屁。他竟厚颜无耻到向书店女员工求婚，给她送代可可脂糖果。我们也不懂，他买《谁来安慰托夫勒》来干吗。也许是给糖果店的姑娘买的？这样整条商品流通链就说得通了。

图书之家的那帮护书使者对我们构成了威胁。天还没亮,他们就把新书运到各家书店,当然,中饱私囊是必不可免的。我父母的一个朋友还上庭为其中一个窃贼做过辩护。

"如果我五年内能出狱,我的藏书将全部归律师先生您所有。"被告保证道。

"不然呢,每个人都这么保证。"律师夫人在一旁嘀咕。我则开始想象这位护书使者书房的样子,里面各种孤本、珍本一定堆积成山,其中必有一个尊贵的位置,是预留给托夫勒的。

我的任务是用真情来打动女店员,母亲则负责与她达成某种秘密协议。我们的目的只有一个。

在不久的将来,托夫勒总算到货了,女店员一定会想起我们当初是如何死缠烂打的。她会想:唉,算了,算了,他们也等够了。于是,即使要冒着被等候的顾客报复,被上级处分,或被流放到西伯利亚的风险,她也会抽出一本来,暂时藏到柜台下。她这么做,都是为了我们啊!为了这个可爱的小男孩,为了这位一头黑发的妈妈。

这个剧本在母亲的心里日复一日上演着,她是真的信。她想以此向我证明一个道理,有志者事竟成,世界不会亏待任何一个人，每个人的需求都能得到满足，前提是我们得学会如何充分地论证和表达自己的需求。

我总是打头阵，气喘吁吁地冲进书店。脚刚迈过门槛，就大喊一句："早上好！"我从不忘记使用礼貌用语，寒暄之后，我才会悄咪咪地低声问：

"有《谁来安慰托夫勒》吗？"

"没。"女店员回答。

十一月，转机出现了。我站在柜台前，嘴巴尚未张开，女店员就抢话：

"没有，今天没谁会安慰托夫勒。"

我和母亲都认为，这是个吉兆，店员还记得我们，还拿我们来打趣，我们选择的这条路一定是对的。现在要做的，就是少点胡思乱想，多点耐心。

霜冻如期而至，我们下午去书店的路上，天色漆黑一片。我踩着路旁冻结的叶子，踏着水洼上的薄冰。这一天总算来了。

"有——《谁——来——安——慰——托——夫——勒》——吗？"我程式化地问道。

"昨天有。"女店员回答,她脸上没有一块肌肉是颤动的。

这话犹如一记重拳。甚至不是因为托芙·扬松,也不是因为背叛。我觉得,再给我一点时间,我就会悟出世界、公平、承诺的奥义。我的双脚像踩空了一般,也许这是我第一次感到虚无。于是,我做出了我唯一能做的反应——跑到母亲跟前。

"没有!"我大喊,"昨天有。"

"嗯。"母亲不为所动,点了点头,"我们走吧。"

"去哪儿?"

"去拿托夫勒呀。"母亲回答道。

"是昨天有。"我又麻木地重复了一遍。

"昨天不是星期天嘛。"母亲提醒我后,踏进书店。

此时此刻,事情就这么发生了,再自然不过——一切障碍都像感应门一样乖乖让道。啪嗒。售货员悄悄地递来购物袋,母亲付钱,我们心满意足地离开了。

奥妈

眼前的一切让人赏心悦目……英国的绿意，英国的文化，英国的井然，在灿烂但不至于晃眼的阳光下尽收眼底。[①]

——简·奥斯汀

这本书已经完全跳出了"品相好"的范畴，即使我勉为其难地备注了"有轻微破损和污痕"，也于事无补。在古董书店里，不仅有人千方百计贩卖类似的残篇断简，还有衣衫褴褛的潜水员从附近的垃圾堆里打捞出战利品，更有高中生从书包里掏出从奶奶那里顺来的《菜园子里的一年》，对此我早已见怪不怪。

---
①出自简·奥斯汀长篇小说《爱玛》，为本书译者译出，如无特殊说明，后同。

"这本怎样?"

古董书贩直摇头。

"这本啊,最多值一兹[1]。"

失望的叹息。还想犒劳自己一罐啤酒呢。我犹豫不决。

"那好吧,成交。"

好了,咱们就别遮遮掩掩了:品相很差。正面的封皮缺失,封底有一块水印,里面的书页松松垮垮,书脊也坏了,多处破损、折痕和污渍。这沓纸用手一碰,就会立即散架。

在第二十七页靠里的空白处上,画着一颗被笼子困住的心,也可能只是某种纵向直线与曲线的机械整合(毕竟画画的人是个心理学家)。

在一百五十五页上,又有一处乱涂乱画——是个微型信封,也可能是只沉没的单桅船。

我难掩惊讶,因为我还是第一次知道,母亲会这样糟蹋一本书。但话又说回来,她肯定也没发现,1983年我曾在《波兰科学出版社小百科全书》里的科塔宾斯基[2]肖像画四周涂了一圈黑。我用的是派通牌的马克笔,油亮的墨水渗进纸里。我当时也不懂,是什么样的力量驱使我这样对待《论良好工

---

[1] 即兹罗提,波兰货币单位。
[2] 波兰20世纪最具影响力的哲学家、逻辑学家。

作》作者的。现在我仍不懂。

我再也找不到别的画了，不过倒是在一百六十二页找到一个要用显微镜才看得见的烧焦了的小孔。也许是为了纪念某次停电吧。我很难想象母亲会挑着烛光读《爱玛》。她也不吸烟。或许，她把书借给了某个烟民朋友？或者遇到了婚姻危机？工作不顺？健康问题？即使果真如我所想，烟味怕是老早就散去了。

母亲把这部小说视作某种疗法。在黯然神伤时，在病魔缠身时，在郁郁寡欢时，在历史动荡时，她都会重读。根据出版日期来推断，《爱玛》是她1961年买的，在接下来的五十年里，这本书她翻阅了不下几十回。

《爱玛》是一种警告标识：注意，前方情绪低谷。黑旗升起。苹果堆成山，纸巾满天飞，书被翻得稀巴烂。

* * *

封面早就不见踪影。我依稀记得，封面上的彩色插画上是几位身着长裙、头戴无檐帽的女士（这回耶日·亚沃洛夫斯基[1]没有发挥全部功力)。二十世纪六十年代初，波兰的出版社还没有在封底写内容简介的习惯。要是换到今天，宣传科的某双巧手也许会敲出一小段这样的文字：

> 小说典中典。英国乡间的平静突然被打破。集智慧、美貌、财富于一身的爱玛·伍德豪斯小姐自认为有当红娘的潜质。殊不知，她身边的人都不愿敞开心扉，而她自己的内心世界也难以捉摸……在本书中，你将认识感情用事的爱玛小姐和她的朋友圈：挑剔的奈特利先生，质朴的哈丽特，克制的简·费尔法克斯以及独一无二的埃尔顿夫妇。

* * *

《爱玛》和《小熊维尼》挺像的，所有角色都本性善良，但又并非完美无瑕，且都生活在农村地区。故事的主人公们会互相串门拉家常，谈天说地，说东道西。养家糊口之事不足挂齿。猪崽总能找到橡子，维尼诚惶诚恐地咂干最后一桶

---

[1] 波兰插画家，海报、邮票设计师。

蜂蜜，但别担心，到了下一章，粮仓又会变得满满当当，大家又可以放心地玩"噗噗棍"游戏了。

《爱玛》之所以能平复人的心情，除了书中人物经济上的稳定外，还有句与句之间的节奏感。"瞧这一气呵成！"我们给予十分满意的评价。一气，说的是文本由又长又绕的句子搭建而成。人们读着读着就会忘掉其含义，转而化身观众，目不转睛地看着作者，看着这位勇敢的空中走索人，双手同时向头顶轮番抛起好几个定语，一步一步往前走。吓！差点踩空了！呼！又重新找回平衡，胜利在望了，句号近在咫尺了。此处应有掌声。

《爱玛》的每一句话不试图证明任何东西。它们不慌不忙，身上携带着的一个个分词，能随时拦截住奔流的叙事，并漫溢出河床，短暂地离题，在补充一般性的讽刺评论的同时，其干流却能依然清澈见底。在我读过的书里，这一本是最像溪流的（百亩森林①中的溪流，再显然不过了）。

我的母亲不是那种长达半个世纪都从潺潺溪流那里寻找

---
① 《小熊维尼》里的虚构地点。

慰藉的人。隐藏在重重假象下的，是一本并不友善的书。从种种夹注、白描以及残缺的评论中，隐约浮现出了简·奥斯汀的画像。在奥斯汀女士的衬托下，纳博科夫反倒更像个待人和气的好哥们儿，是个愿意和我们在泽格热湖畔举杯畅饮野牛牌啤酒的忘年之交。

当有人把"娱乐的"（ludyczny）一词谬用为"乡村的"（ludowy）时，我们为什么觉得无所谓？有人在朋友圈狂发度假照片，文案里原本写的是"翁布里亚——意大利的绿色心脏"，思索片刻后，又改成了"翁布里亚——意大利亚的绿色心脏"①（此处偷偷瞄一眼编辑历史），这有什么问题吗？我们有权去评判那些老爱用昵称来称呼密友的人吗？有人爱用"无语"②这样的表达，这有什么问题吗？有人边转发自己孩子在体育上获得的成绩，边写下"给力"二字，而在别人题为"世外桃源"的照片下评论的却是"慕了慕了"，这

---

①此句"意大利"原文是 Włochy，即波兰语里表达意大利这个国家的本土词。"意大利亚"原文是 Italia，在波兰语里，它是表示意大利这个国家且源自意大利语的外来词。
②原文为"这样的情形"（taka sytuacja），为波兰网络用语，表示对糟糕事情发生后的无奈。此处译文选用类似的中文网络流行语，下面两句亦采取此种方法翻译。

有什么问题吗？只凭一句"在和家人们享用晚餐"，就足以让别人嫉妒发酸吗？

简·奥斯汀的小说是语言过敏症的记录，是某些句子、表达方式或行为举止引发的炎症的记录。

第十九章。爱玛拜访贝茨小姐和她的母亲，母女俩在一栋简陋的房屋里租了一间"位于一楼的小公寓"。关于老妇人，我们只知道她很爱整洁。贝茨小姐则活力四射，滔滔不绝，动辄就是大段独白，洋洋洒洒四页纸。这些独白枯燥且混乱，冗词赘句密密匝匝，充盈着各种礼貌用语，时而显得妄自菲薄，时而显得目中无人，省略号满天飞，还处处被括号拿捏，触目皆是"常言道""俗话说""我从未见过有人如此惊讶"。

这长篇大套的主要内容是对她的侄女，即芳名简·费尔法克斯的赞赏，以及关于她的近况和计划的详细"报告"。才读两页，我们就烦透了这个角色，对她的厌恶之火熊熊燃烧。爱玛备受折磨，在一旁倾听（"一如既往地上心"），突然"迅如闪电，让人麻痹的疑念"穿透她的思绪。这与"简·费尔法克斯和魅力四射的迪克逊先生"有关。

很显然，爱玛是在揣想，简小姐和她那已婚的监护人有一腿。在接下来的两百页里，她一直盼着这位谦卑、年轻的姑娘会在某个时候误入歧途。"这个可爱、真诚、完美的简·费尔法克斯显然在心怀鬼胎。"到了第二十八章可见爱玛的窃喜。

女主角这么做是因为受到了野心、自私和嫉妒的驱使，但为什么读者也能共情呢？你说为啥？

然而，奥斯汀女士表演了个急转弯。第二十章的开头就是为简·费尔法克斯而写的，在这之前她一直还没正式登场。旁白从"她是个孤儿"开始，讲述了"一位甜美俏皮的女子"（想不同意都难）令人感伤和恻隐的故事。

这是个游戏。亲爱的读者，你还选择继续与爱玛同仇敌忾吗？你还继续和她一样对那位"寡言少语、爱好整洁的老妇人"，即贝茨女士心怀不满吗？你还想抢起个什么东西来砸向她那高尚的脑瓜吗？还有那个老实、有着悲惨童年，也是阿姨的眼珠子的孤儿，究竟哪里招惹你了？

那现在怎样？你可以选择救下爱玛，让她免于谴责。你也可以选择与她同仇敌忾，或者可以耸耸肩，质问她"你想干吗？明明这些都是好人啊"，并与她保持距离。

真棒。下一步。用艇篙把她推到焦油里淹死。以这种方式，作者完成了一次经典的"母性"弃兵①，同时也是对我们的挑衅：她把贝茨小姐所说的话忠实地展现了出来，但这种展现是这般刻薄，其程度与记者转写政客下午茶录音有的一拼。

作者不放过任何浑话和套话，把每一段叽里咕噜都呈现到我们面前。现在还一脸无辜，指责我们以偏概全。没错吧，妈妈，就像你平常说话一样：

"我是真的不明白，你究竟在干吗，明明这个人这么好！"

"说这样的话，你会丢脸的。"

"这非常符合人性。"

"你个讨厌鬼。"

母亲有时候很记仇，对于不加节制的支出控制得尤为谨慎。但当她想折磨某个人的时候，也会发现其实自己不乏同情与温柔。

在书里，爱玛一直被规训。为达到这个目的，奥斯汀委派了道貌岸然的奈特利先生，一本正经的无趣之人，每几章便会开启新的一轮说教。"你还要脸吗，爱玛？"事实也的确

---

① 弃兵，国际象棋中的一种策略。

如此：良心不断推搡、咀嚼、撕咬着她，让她四分五裂。取笑老妪，揶揄孤儿，真不要脸！

在书的最后，爱玛就像《小熊维尼》里的跳跳虎一样，被弄得不再跳来跳去，至少那个时刻，变成了一个乖顺、内疚、懂得感恩的爱玛（"幸会，维尼"）。

幸好还有个叫埃尔顿太太的角色。有一次母亲给我解释，这个角色存在的唯一目的，就是招人厌。把鼠目寸光、纠缠不休的埃尔顿夫人硬塞进小说，为的就是惹恼读者。任何情感勒索都挽救不了的恶心暴发户。过敏源。榛子树花粉，红眼，喉咙肿痛。

真是托埃尔顿太太的福，多亏了爱抢镜的老娘们儿，她就像一根肿胀的手指，一颗你忍不住要用舌尖去舔的蛀牙，让我们发掘了其他人畜无害的角色的闪光点……正是因为埃尔顿太太，简·奥斯汀那货真价实、百折不屈、永垂不朽的悍妇本性终于显露无遗。

埃尔顿太太啊，她口中吐出的每个字无不携带着恶言恶语、矫揉造作和狂妄自大。大肆吹嘘姐夫的马车，开口闭口就是她的"埃先生",她的 caro sposo[①],絮絮叨叨,老调重弹,为的是强调"萨里乃是英格兰的花园"。啊——!

甚至连旁白都对埃尔顿太太心生厌恶。虽然这些仅在某些简洁的刻画里能感觉到,但我们的这位悍妇立即就察觉到不对劲。这也就有了埃尔顿太太"如此地优雅,就像被珍珠和蕾丝所映衬的那般"。她有一次还显得"热情满怀,劲头十足,得意扬扬"。最后,光是她戴着一顶"硕大的无檐帽"就足矣。这种反感已无须火上浇油。

当然啦,从爱玛的俏皮话里还是能品出一些阶级优越感的。其中就有对暴发户的排斥,只因后者急于彰显地位。给我记住:你永远都不可能成为我们的一员。你的所作所为用力过猛,过于做作。你越狂妄,内心就越绝望、越挣扎。

可惜,这是徒劳。埃尔顿太太不值得怜悯。

"她真的很有魅力吗?"
"当然了,她是个特别好的人。"

[①]意大利语,意为亲爱的丈夫。

1961年版《爱玛》的每一章后面都配有一幅插画。甲虫般大小的小人儿。裙摆下方露出高跟瓢鞋。细腿形似时钟的指针（永远指向五点二十五分）。

《爱玛》是流于表面的，但在这表面之上有水虫在跑动。紧绷的对话承受着虫子的体重。它们从不停歇，在薄薄的水膜上滑行，像线一样的足部前后交替。它们如龙虱般敏感、灵活、残忍。就连一本正经的奈特利先生也察觉到"处处都潜伏着诡诈和伪装的把戏"。

在这无尽的唠嗑中，某人被切中要害的标志，一定是保持沉默，假装漫不经心，戏剧化的无动于衷。

爱玛想用眼神来与对手一决高下，但无济于事。每当爱玛抬起头来瞅费尔法克斯小姐时，后者总是正聊得兴起，或者在稍远处"专心整理着披巾"。

对埃尔顿太太的咬牙切齿，对窝囊且疑病成性的伍德豪斯先生的嗤之以鼻，对简·费尔法克斯的过度怨恨，这些年我母亲吃过的无数个苹果，以及与爱玛共度的无数个蹉跎岁月。这一切都是为了什么？

首先，能说会道能救人于水深火热之中。得当个悍妇，得和文字交友。

其次……我能想象出母亲第一百次重读这本书时的模样，她希望这次再也没有人死于产褥期，再也没有人死于肺结核，甚至连疑病症患者伍德豪斯也能撑到最后一页，贝茨老小姐也能够再次大快朵颐，享用一贯美味的火腿。

这些人又将在同样的地方展露出自身的缺陷：自私自利，矫揉造作。或是可笑的怨艾：父亲昏庸无能，女性朋友不够主动，女邻居使人厌烦。

不会再有别的可能了，那还能怎么办，唯有安之若命。

最后……我也不知道最后是什么。也许是和保持沉默有关吧。父亲过世后，母亲也病了，她再也没有拿起过这本书。这一次，《爱玛》显得太薄，太虚，太不够格了。

简·奥斯汀辜负了所有人。文字辜负了所有人。我也辜负了所有人，但这恰好在意料之中。

最重要的一层书架

《爱玛》并不孤独。这层书架上摆放着母亲的至爱。

从左到右依次是：

• 萨博·玛格达，《旧时故事》。缺书皮。布质封面部分破损，上面有个小压印（多年后我才知道上面印的原来是一面匈牙利国旗）。书脊破损。书皮不知哪儿去了。

• E.M. 福斯特，《维尔克斯太太的庄园》。布面书脊，硬纸封面，上有雅致配图。美术设计是安杰伊·海德里希。书名在绶带图案之上。绶带已模糊不清。此书多次改版后恢复原标题《霍华德庄园》。

• 约翰·高尔斯华绥，《福尔赛世家》三部曲，缺书皮。

• 薇塔·萨克维尔-韦斯特，《激情耗尽》。黑色书皮上印有白玫瑰。

・爱弥尔·左拉，《妇女乐园》。软封皮破损，上有一幅印象派画作，已褪色。

・芭芭拉·特拉皮多，《知名人士杰克的弟弟》。九十年代夺人眼球的封面。封面设计几乎全盘接收了费伯−费伯出版社的一贯风格。

・迈克尔·坎宁安，《时时刻刻》，硬皮封面。封面是同名电影剧照。时间在《时时刻刻》上定格了。

或许也有人这么想过，且已付诸实践了。文学疗法大礼包。恰逢秋天打折季，用这七本书来对抗抑郁，再合适不过了。

乌利茨卡娅

在书单之外，还有一本书，母亲只读了一遍，就没时间重读了。柳德米拉·乌利茨卡娅①的大部头。书里的传奇故事，讲述的是同一所小学的几个好朋友，俄罗斯的精英分子。讲述的是异见分子，半异见分子，四分之一异见分子，以及异见分子的朋友。

故事开始于——也只能开始于——三月的莫斯科。广播里传来斯大林同志的死讯。

此后的四十余年成为书的主要情节。和别的小说差不多，里面人物众多，故事线索错综复杂，一部分线索从眼前消失，另一部分线索随时随地都会中断。生活对缺失全然不顾，仍遵循着自己的轨迹和模式延续着。

---
①俄罗斯犹太裔作家。

"这是我们的写照,"母亲曾说,"说的净是一些只有我们这代人才能读懂的东西。"

"真的吗?"我挺惊讶的,"你又没去过俄罗斯。"

"与这无关。"

也许的确如此。她生活在同一个帝国里,收听同一种广播,收到同一则消息:伟大战友与接班人的心跳停止了。或者再后来,那个他们在山里度过的难忘夏天,每个夜晚飞往捷克斯洛伐克的军机都在耳边轰鸣。

除此之外,母亲也还听过同样的歌曲,看过同样的电影,为同样的飞雁①而感动过(随着时间的推移,她不再如此)。她甚至还一度为克里米亚鞑靼人和格里戈连科将军②的遭遇忧心忡忡。

地方特色不足挂齿,不同民族间也并非皆是鸿沟。她一直想读一本讲述自己这一代人、自己那些好友与知己的书。

如果有这样的书,它将会从哥特瓦尔德中学、TPD(儿童之友协会)学校或者干脆再早一些的幼儿园讲起。还可以从某个满嘴牢骚、愁眉苦脸的女看护的注视下开始,因为他

---

① 飞雁指由米哈伊尔·卡拉托佐夫导演的"二战"题材电影《雁南飞》(1957),描绘了战争的残酷和卫国战争结束后给苏联人留下的心灵创伤。
② 曾主张从捷克斯洛伐克撤掉武装干涉"布拉格之春"的军队,后受迫害。

们都是被保姆和看护带大的。在这之后,还要留点位置给暑假、童子军、歌唱、恋爱,当然格但斯克站①的场景必不可少。最后再加上大量的反思、家族秘密、指责非难。数不清的群众演员,记不清的邂逅之地。

"他爸曾是华沙最好的人流大夫。"

"大家都叫他好好学习,毕竟他老爸是教育部的。"

"她是个女同,这让我们的母亲很懊恼。"

还有:

"有一次她妈妈打开衣柜门给我们看,里面全是小毛衣,那些从寄卖店淘来的小毛衣五颜六色的,然后问道'为什么她要收集这些?'"

没门儿。每一处描写、每一次离题、每一件道具、每一句流言蜚语,都将付诸东流。而且这样的书真的可以拿来读吗?我表示怀疑。这将成为一本谜底早已揭晓的廉价小说,披着史诗外衣的告发信,或是专属于她这代人的又一本自我陶醉的百科全书。

---

①这里指华沙的格但斯克站,1968 年排犹运动的标志性场所,当年波兰犹太人自此站离开波兰,前往西方国家或以色列。

母亲去世后,她的朋友给了我一本相册。

"这里有很多你妈妈的照片。"她说。

我很听话,开始翻起相册来。哪儿都找不到她。母亲不喜欢拍照。百发百中的直觉总能指挥她站在视野半步开外的地方,或是背对镜头,无论怎样,总会有某个人在关键时刻挺直腰杆、耸起肩膀、挥动手臂——因此她能被永远挡住。

至少她还算读过乌利茨卡娅。

斯大林烹饪书

我的外祖父母是在俄罗斯经历的战争。外婆从那儿带回来了一本棕色封皮的烹饪书。有一次家里装修,有几滴白油漆滴落到了封面上,让它看起来更像一件破家具了。

这是本怪书。扉页除了书名,还引用了一句领袖的名言。书里全是五颜六色的照片,让人挪不开眼。可谓给后来好几代人的格林童话了。

蔬菜水果鲜嫩多汁,罐装豌豆、腊肉、熏肉、鸡肉、猪肉。一朵朵蛋黄酱雕花仿佛在哆嗦。鱼罐头后面,是一幅渔船与海浪搏斗的画面,算是对船队水手们的致敬。

腊肉大理石、香肠柱廊、葡萄浮雕。莫斯科风格的食品地铁。

最耀眼的要数酒瓶。图片虽模糊,但还能看清上面的标签。有些酒名我后来读长诗《从莫斯科到佩图什基》时见过。读到维涅季克特苦苦哀求店家把赫雷斯酒①卖给他时,可谓透骨酸心。

"有赫雷斯不?"

"没赫雷斯了。"

"奇怪。牛乳房都有,赫雷斯却没了!"

"奇了怪了。还真是。赫雷斯没有了。还有牛乳房。"

苏联酒精饮料里漂流的奥德赛。

这本疯狂的书出自让我外婆挨饿的国家。她很少跟我们谈起那段经历。仅仅提过,他们是自愿去那儿的,那里很冷,唾液还没来得及流下来就结成了冰。还有波兰语的"忘掉"在俄语里意为记住。

饥饿记忆,鲁本斯静物画。严寒记忆,香草味冰激凌。

这是个诞生于饥饿的国度。每个省,每座城都备受饥饿折磨。饥饿也在不断变化,忽轻忽重,潮涨潮落。饥饿摇

---

①即雪莉酒,又名赫雷斯(jerez)酒,赫雷斯为该酒产地。

身一变为供不应求、暂时缺货、运力不足。

饥饿就在身边，像个退了休的怪物。古老的迫害者，已逝时代记忆的重现。神似苏联共青团代表大会上的谢苗·布琼尼①将军。（照片摄于七十年代：元帅式八字胡，苏共活动家式鬓角。身着军装和尼龙-6衬衫）。

* * *

这本书是勘误表，但里面只有一列：必须。这是某种指示。你必须相信书里的每一幅插图，能把图吃了就更好，忽略掉其他感官提供的证据。《吃得美味且健康》乃共产主义入门课。里面没有一道菜能成功复原。

安德烈·赫尔扎诺夫斯基有部电影叫《一个半房间》。《吃得美味且健康》曾在里面当过群演。图片里的斯大林重获新生，向小约瑟夫·布罗茨基发表了一段演说：

"孩子啊，你是犹太人，犹太人只吃无酵饼②。可惜我们

---

① 苏联军事将领，骑兵统帅。
② 犹太人逾越节期间所吃的食品，是一种经过特殊制作的未经发酵的面包。在犹太教中有酵食品被认为是不洁的。

没有无酵饼。但我有个好主意，犹太人一定会喜欢。你喜欢旅行不？我一定好好照顾你们。到了比罗比詹①，无酵饼应有尽有。"

在华沙展映活动上，我遇到了导演本人。

"我外婆也有这本书。"我蹦出还勉强记得的几个俄语词。

"谁没有呢？"他耸了耸肩。

---

①位于俄罗斯远东地区的犹太自治州。苏联时期为削弱犹太复国主义而设立的犹太人安置地。

糖

抽屉底下有个小纸盒。上面的字迹早已模糊，只能隐约看到一句赠言："祝生活甜蜜，约阿霞[1]惠存"，旁边是日期。这是美国的糖，UNRRA（联合国善后救济总署）的援助物资。1946年人们都互赠这样的礼物。

包装盒从未开封。过了这么多年，贴合处都裂开了。抽屉底部撒满了糖的结晶。我舔了舔手指头。吃起来也就那样。

---

[1] 即作者母亲约安娜在波兰语里的昵称。

加拿大

这是本破旧的英语教材。

>The egg is in the eggcup.
>
>The boy is in the bed.
>
>The girl is in the classroom.
>
>The aeroplane is in the sky.
>
>Where is the egg?
>
>Where is the boy?
>
>Where is the girl?
>
>Where is the aeroplane?

这一句下面有铅笔写的笔记，已经看不大清：

"音：爱儿普雷恩。"

二十世纪八十年代,我母亲常说她想移民去加拿大。她既没给大使馆递材料,也没填表。她只是随便说说。每句台词都受用的压轴曲目。一切问题的答案。谈判的底牌。

"真是忍无可忍。看来得去加拿大了。"

她有时会展开这个话题。

"你去加拿大上学吧,一开始会很难,但你可以的。"她盘算着,"你老爸可以先当个绘图员,证明一下自己的本事,等其他人都心服口服后,就会升职加薪。"

她没向父亲透露她的这些打算。父亲也从未想过,自己还要在加拿大领导面前露一手。母亲做的唯一一件跟移民有关的事,就是报了一个成人英语培训班。每天下午,她都会去上课。

"锅一响,你就关火。记住了吗?"

她瞅了瞅笔记本,字迹十分潦草,皱巴巴的。教材是给青少年用的。

"今天有作业,"我还没问,她就告诉我,"老师让我说说,我爸是干吗的。"

"是你爸。"我重复了一遍。

我一直都很怕,有人会问一些让人无言以对的问题,或没人教过的东西,关于负数,抑或是关于中左翼。

"可是他已经不在了。你打算怎么说?"

"就说他不在了。"

"用英语咋说?"

"我再想想。"

她最后大概是没辙了,因为她不久就不再去上英语课了。几年后,她开始减肥。再后来出现了政治转轨。她快活了好几年。应该说,是更快活了。

天气预报[1]

我找到了一本薄得可怜的小册子。六十年代的出版商还未以小书为耻。在印这些小书时,也没打算在页边距、字体和行距上耍小聪明。

影片剧本亦改编自马雷克·诺瓦科夫斯基[2]的一则短篇小说。故事发生在某个百年一遇的寒冬里。一家养老院的老人们发现院长采购了比往常更多的棺材,随即陷入恐慌,并密谋了一场集体出逃。事迹败露后,消防员前去追赶——这还是与审查机构长期斡旋的结果:政府不准许用"军警"或

---

[1] 指1983年在波兰上映的影片《天气预报》。该片的拍摄曾因戒严令而一度中断。
[2] 波兰作家,波兰20世纪60年代"小现实主义"代表人物。

"军队"这两个词。

母亲还蛮喜欢这部电影的。几天后，还给她的婆婆简要介绍了一下剧情："一群老头以为院长要把他们宰了而发生的故事。"

让人头疼的是，这部电影母亲是和一群外国朋友在影院看的。（"鲁迪完全没看懂，我还要解释给他听。"）奶奶再三强调，我们千万不要向从那个国家来的人吐苦水。因为在他们那儿，再坏的鸟儿都不会弄脏自己的窝。他们会误以为我们另有所图的。

"看完电影，我告诉他们，"母亲接着说，"看，这就是福利国家。问都不问，就把你安排得妥妥当当，从出生到死亡。"

她甚至都不用说"嘎儿屁"，空气中就裹挟着一股被挑动的杀气，如同胡楚尔人[①]挥着大斧。

诺瓦科夫斯基——唉，好一位才华横溢的作家，奶奶还出过他的书，也很欣赏他——但那又怎样？因为批判过社会主义福利的成就，他被列入"名单"，作品仅在地下、在巴黎流通。太可惜了。

[①]波兰和乌克兰的一个族群，居住在喀尔巴阡山脉一带。

奶奶认为，投身政治会拉低艺术水准。要是绝对客观、不带任何立场的话，对于那些反对派作家的书，她谈不上喜欢。他们误入歧途，浪费才华。他们才不管我奶奶呢，该浪费的总得浪费。

然而，母亲关注的则是另外一个非常好玩的场景，一群老头在篝火旁唱着《红腰带》。

"哎呀，"奶奶说，"这都是我们年少时唱的歌啊。"

我母亲曾无数次不按套路出拳。但这一次，她算是遇到了更强悍的拳击手了。一句犹如挽歌的话——

"这都是我们年少时唱的歌啊。"

叮叮叮。不多不少。胜负已决。我们驱车回家时，父亲咬牙切齿：

"给一个七十岁的老人介绍这部电影，左一句'老头'右一句'老头'。要把话说得好听，可太难了。"

"你父母又不是老头。"母亲回答道。

接下来他们就没再说下去了。外面飘着雨，莫斯科影院①的霓虹灯闪烁着，那会儿它还没被拆。

---

①战后华沙规模最大的一所影院，1950年开业，1996年被拆除。

多年以后，寡言少语的诺瓦科夫斯基，那位短句与薄书专家竟变成了右翼的宠儿和护身符。更不可思议的是，他的信徒都是些爱堆砌形容词的家伙。今时今日的书更厚了，也更轻了，主要得益于膨化纸工艺。

剪报

"我们的母亲没有教我们做饭。"母亲说,"是女管家们把我们带大的。"

此外,她还认为,女管家——她改用了单数——偷偷地给她施了简易洗礼①(这意味着什么并不重要)。那个勇敢的女人拯救了我母亲的灵魂。尽管如此,她还是没教她做饭。

"我们的母亲们当时都在建设共产主义。"她补充道。

说得对!在某种意义上,我外婆的确是人畜无害的共产主义建设者。她不至于被冲昏了头脑,或者说,她还没完全摒弃悲观的念头。她是个边缘人,从事童书出版,在1968

---

① 简易洗礼(chrzest z wody),波兰天主教会的一种特殊洗礼仪式。当婴儿面临突发状况(如出生后生命垂危或住院时间过久)无法完成完整的洗礼仪式时,可进行快速的简易洗礼。施礼人可以是教会人士也可以是非教徒。

年左右，他们就把她撵走，让她退休了。

但她也没教我母亲做饭。也许她不喜欢，也许她没心情，也许吃什么对她来说不重要，也许就没有一件事是重要的，也许她感到无力。

被逐出岗位后，她还是会随便烧点儿菜，但没有既定的目标，也提不起兴致。偶尔会热一下寡淡的黄瓜，炸一下麻花，做一下鲤鱼冻。

可能她想表达的并非食物本身，而是某种更恒久的东西。是被抹去的儿时家庭记忆，来不及抄下来的菜谱，与我们断了交的菜肴。

只有一些甜点还留存在"雅利安文件"①上，某种小芝士蛋糕、罂粟籽蛋糕，后来我在一本金色封面的犹太美食烹饪书上看见过。

还有泥巴一样的鲤鱼冻。消亡传统的合法代言人。被萝卜丝儿压得喘不过气的忧伤盲人。为什么偏偏是萝卜丝儿？就没有比它更好的配菜了吗？

---
①指"二战"期间犹太人想要逃离隔都所伪造的文件。

母亲常聊起一位她最喜欢的姨妈。

纳粹占领期间,姨妈带着复活节餐食去祷告和接受圣洗。她的复活节篮子能以假乱真,里面装着一只糖羊羔和一圈香肠。篮子像金子一般,比受洗证书还要强。突然,邻居从楼梯上方投来警惕的目光。

"这是干吗去?那是切片的鸡蛋?"

"对,我妈妈不是第一次切鸡蛋了!"姨妈方寸不乱,捡回了一条命。

而我母亲也迎头赶上,把该学的都学会了,除了炸麻花和做鲤鱼冻。

既然没有口授,那她就只能依赖白纸黑字了。她搭建了一个烹饪书库(只有几本得到她的认可)。她把旧报纸剪下来,贴到黑色活页笔记本里的时间久了,形成剪报和笔记档案夹。

狂淋橄榄油,热黄油,削西红柿,往生菜里加蒜,去克沃达瓦买岩盐,用黄咖喱来"攻击"白米饭——当时华沙的第一个哈瑞·奎师那[1]信徒还没出现呢。

周围每一个地方,无论是学校、幼儿园,还是企业、单

---

[1] 印度教的一个分支。

位，或是餐馆、食堂，提供的都是吃起来吧唧吧唧的白米糊。我母亲做的米饭则有着浓重的黄色，甚至是橙色，如同灯塔一样，穿过雾气闪烁着。

封面上几个胖嘟嘟的土豆团儿穿着民族服装在翩翩起舞。

他们共度的第一个节日在结婚半年后。这份礼物充满了父权的味道。那时父亲的字浑圆、谦逊，比我印象中的要小一号。直到后来，他的字才变得暴烈且急躁。

给约阿霞的小星星 1969

父亲不善表达感情，但他却画了一颗小星星，五个角完美至极……他只用一只手来勾勒星星的轮廓，精确无误地让线条首尾相连。

我知道了。我现在总算知道了。这个小星星并不叫小星星[①]。后来，我才得知天主教徒的存在。原来他们才是圣诞节的版权持有者。原来我们一直都在非法过节。

---

①叫伯利恒之星。

幸亏我们有他们的陪伴,他们是我们的监护人、寄养父母、领路人。他们聪慧、宽容、批判、节制、忠诚。

没人知道他们的真名叫什么。在老版的《剖面图》杂志①中这是常态。这本克拉科夫的周刊里驻扎着各路神秘作者和割裂的人物。但文字游戏的时代早已结束。

《你和我》的风格则是直入正题。作者都以真名示人。他们是活生生的人,可触及的人,其足迹遍布华沙。这是唯一的例外。

很难让人相信玛丽亚·莱姆尼斯和亨里克·维特里是真实存在的人。尤其是百科全书里有一条,菲利普·德·维特里,十四世纪的作曲家和乐理家。

母亲认为,这对夫妻假名下隐藏的其实是两个男人。我也觉得这说得通,于是1959年第一版前言里两人的爱情故事就拥有了全新的解读:

> 我们的爱情始于炒蛋和土豆。刚认识那会儿,我做

---

①创办于1945年的波兰杂志,在波兰人民共和国时期曾是民众了解西方世界及其文化的窗口。

得一手好沙拉，亨里克的牛排也堪称一流。没过多久，我们就订婚了。我们合力为自己的婚礼准备了"冷餐会"（烹调方法详见《会客》一章）。

紫罗兰底色。绑着丝带的鸡蛋作为边框，画着母鸡的小插画把下面几段文字分隔开来。这里所展示的分栏方式是最出色的设计作品之一。母亲毫无顾忌地把这一页从《你和我》月刊上撕了下来。

如今，那页纸张泛黄，上面布满了斑斑点点，边缘早已参差不齐。褶皱处夹着的字迹再也看不清，更别说母亲还在上面画了装饰线。

这张破纸是她的嫁妆，她自己裁下来的嫁妆。这张破纸是我们家的宪法、独立宣言、组织章程。

母亲一直担心《你和我》里的菜谱会遭到摧残，于是她用一切可能的科技手段来复刻、拯救它们。当复印机刚出现时，她跑去复印。美能达彩印机初到华沙时，她又跑去彩印。她才刚买了台扫描仪，就赶紧扫描存档。

他们在每个笑话的前面加上落伍的省略号。先生您注意看，现在是……笑点。早有心理准备的读者一定会微笑，笑话继续轰隆隆地前进。他们会用间距更宽的字母来强调关键词，也会记得用双引号来标注比喻。

菜谱非常朴素、有想法且像六十年代一样诚恳。捷克卷心菜薄饼，瑞典苹果薄饼，瑞士埃曼塔尔干酪蘑菇比萨。时至今日我都不知道，这些地名究竟是菜肴的真正发源地，还是为表达对欧洲的思念之情。

1974年，《你和我》停止发行，在政府阻挠下，不再有新的剪报入账。

母亲买了《波兰美食》，一本阴郁的灰色布面烹饪书，插图更适合放在外科手术教材里。

时间再往后推，约莫八十年代初，《古波兰厨房与波兰餐桌》正式面世。因特普雷斯出版社竟把作者的姓拼错了。为了抹去痕迹，还在错误的字母上面贴了一块补丁更正。父亲立即把补丁撕下来，原来他们错把"玛丽亚·莱姆尼斯"写成了"玛丽亚·戴姆尼斯"。

书里多了大量的加拉蒙斜体和深褐色陈年版画。目录里可见如下菜式：

灰酱牛口条

烤全猪

奶油羊脊排

山楂酱野猪脊排

烤灰山鹑与西鹌鹑

波式奶油兔肉

显然，看到这道奶油兔肉，维特里夫妇和我母亲就此分道扬镳了。

然而他们还将再度重逢，这一段尾声我是在一个小公文包里找到的。在尤兰塔·克瓦希涅夫斯基[①]快登上总统宝座的时候，这对神秘的维特里夫妇回归了，并在《你的风格》杂志上撰文。

这一次，剪报上没有跳跃的小鸡，也没有受范戈尔[②]画作影响的硕大苹果和彩色鸡蛋在翻来滚去。取而代之的是色彩斑斓的菜肴摄影。"用香槟白斑狗鱼俘获客人的味蕾吧！"图注在向我们发出邀请。

[①]波兰共和国第二任民选总统亚历山大·克瓦希涅夫斯基之妻。2003年，媒体爆料称她将参与2005年的总统大选，根据民调其支持率一度高达30%。2004年底宣布退出选举。
[②]沃伊切赫·范戈尔，波兰油画家、版画家、海报设计师、雕塑家。

杂志用纸洁白光亮，广告商一定很欣喜。印刷艺术取代了想象力（作为补偿，商店里总算能买到戈贡佐拉奶酪[①]了）。

[①]意大利蓝纹奶酪，风味辛辣。

戈贡佐拉

　　我在一沓纸中找到了母亲的最后一页笔记。于是，我就像一个勤快的学生记下了新食材、新配方。

　　千层面

　　莫扎里拉奶酪

　　小茴香

　　烤戈贡佐拉奶酪味小茴香

　　哥瑞纳奶酪味雪梨

　　~~佩卡里诺~~佩科里诺（奶酪）刨成丝后加入黑椒面条

彩虹牌吸尘器

多年来,母亲一直都想买一款很特别的吸尘器。

这款吸尘器价格不菲,且不在店里售卖。吸尘器有自己的信徒,她们就像耶和华见证人一样挨家挨户去串门。

这些中年妇女辞了以前公务员或者教书的工作,去追随信仰的声音,宣传吸尘器的教义。那个年代最知名的一首歌,也是教父[①]最喜欢的歌曲,赞扬的就是职业流动性:

> 你的小嘴呼出我的名。
> 待我先让驳船岸边歇,
> 今天带你一块去打猎。

---

①这里指若望·保禄二世,天主教会有史以来第一位波兰籍教宗,第一位斯拉夫民族的教宗,也是第一位出自社会主义国家的教宗。

政府部门的前雇员仔细查看电话簿，挑选潜在客户，等找到了朋友的朋友后，便开始撒网。

试用的日子终于到来。被幸运选中的女主人泡好茶，端上曲奇饼。女士们一起看示意图，一起听公司活页本里的功能介绍。然后，就该开始实测了。在这儿倒水，哦不，不需要用蒸馏水，只需要烧开的水即可。请看，现在水非常干净。在这儿开机。有问题随时问啊。谁想来点儿曲奇饼？

最后，在大家的监督下，把污水倒掉。其实在客人来之前，房子就已打扫得干干净净了，但这水还是像融雪一样脏！（怕了就是服了——正如某位诗人曾说的。）

母亲是真的想除掉那些在书上滋生、在家具底下发霉的灰尘。

也许这些油光发亮的小东西让她生厌，它们随风起舞，既能引起过敏、疾病，又勾起了糟糕的回忆。它们不是宇宙里公转的恒星和行星，而是混沌，等着把我们吞噬掉的混沌。混沌。无能为力，物品的造反，细胞的暴动。

对物品的渴望，让我们重返童年。物品的稀缺，能让我们的悲伤集中到一处，让我们只去述说我们缺的东西。

假如母亲能买那款黑色的、菜坛子状的、能把空气中携带的粉尘都吸得一干二净的奢侈电器，我们一定会欣喜若狂。可惜，它太贵了。

我在整理公寓的时候，找到了一张陈旧的广告宣传单，上面全是示意图和小尺寸照片（看看你的地毯里都藏着什么）。螨虫在得意扬扬地咧嘴笑着。

电动火车

  每一家恩匹克书店[①]里，都有一架子的书是以波兰版《小淘气尼古拉》为噱头的。欢闹的调皮鬼变成了一个塑料人偶，不断生长、膨胀，直到他那光滑无瑕的形象占据了每一页（相比之下，画面的背景被压缩到了极限，只留下几抹色彩）。

  桑贝的原作则是反其道而行之。漫画的下面某一小处，有几个小身影在晃悠——几个小男孩在用书包嬉戏打闹，他们头顶上方是城墙、桦树、层叠的老房子，城里每一片叶子都画得一清二楚，还有水槽、铸铁栏杆，以及最高的那间阁楼，尽收眼底。独自运作的巴黎城。温和版的《伊卡洛斯的陨落》。

[①]波兰最大连锁书店之一。

小尼古拉是战后出生的孩子。他的父母买了第一台电视、第一辆汽车，还享受了带薪假期——既是去度假，也是去堵车。毕竟堵车也是件新鲜事。

这位作家是我们自己人。一个体重超标的犹太人。用一部气派十足的雪白打字机敲出了一篇篇故事和漫画剧本。希望他玩得开心吧。

玩得尽兴吧！尽情享乐吧！抛开云雾吧！——这是战后的世界对小尼古拉们的期望。

不健康的生活方式杀死了戈西尼先生[①]。他是在锻炼身体的时候殒命的，死因不是心脏病就是中风，栽在了医生诊疗室的训练单车上。一个大胖子蹬着脚踏，膝盖快顶到下巴，重现了漫画里、故事书中小尼古拉的父亲用儿童自行车上来竞速的一幕——果不其然，撞到了垃圾桶（手帕、流血、鼻子破了、眼镜碎了、轮子折了、辐条扎向四面八方）。父亲们的耐力不行啊。

可怜的戈西尼死后，女儿也沦为孤儿。多年以后，她写了一本关于父母的书，不厚，也并非她的代表作，但着实伤感。也许这就是《小淘气尼古拉》的后续吧。

[①]勒内·戈西尼，法国作家、漫画家，《小淘气尼古拉》是他与桑贝一同创作的。

唯一有资格放在波兰版《小淘气尼古拉》架子上的书，假如再版的话，那只能是《微生物》。这本书的作者是玛丽亚·任塔罗娃[①]，她在写《内战》的时候，也用了同样的笔名。此书可谓小尼古拉的先驱，首版于1955年，比法国小尼古拉还要早四年。其实是本讲述斯大林时期快乐童年的文集。

母亲对这本书感情不深，尤其嫌弃它的笔调。实际上，当谈及她自己的童年生活时，她一点都不感伤。她也没有理由这么做。对她而言，美好的记忆只是纪录片中的某段实录。场景的快速剪辑后，大难总会临头。你们看看，生活如此有条不紊。影院里放着烂片，运动员身着滑稽服装刷新纪录。镜头一转——贵妇犬展览。屏幕上的人物对接下来要发生的一切全然不知，背景音乐变得越来越局促不安，响弦鼓登场，接着黑暗降临。时钟在母亲的美好回忆里嘀嗒嘀嗒。

《微生物》未能激起我母亲的怀旧之情。她还没扔掉这本出版于八十年代、有着恶心的褐色亮面封皮的书，仅仅是因为她这个人本来就不爱扔书。

[①]原名米拉·米哈沃芙斯卡，波兰作家、记者、美国文学翻译家。

但我也饶了这本书一命，把它先晾一边，放到写着"要拿走"的那一堆书里，只因其中的一章、一个场景。故事是这样的：家长带着两个小男孩去中央少年宫，也就是之前以及后来的亚布科夫斯基兄弟百货商店。

里面有点昏暗，却十分舒服。眼睛适应后，一条神奇的、巨型的电动火车线路映入眼帘。

接下来，

"火车不是一直都开。"黑刘海小女孩告诉他。"今天大概不会开了，因为我一早就站在这里了。但我哥告诉我，两年前的复兴日，也就是7月22日，他曾亲眼看见火车开过。"

"现在是1月，"杨内克的母亲指出，"我们走吧，看看这里还有什么好东西。"

"我要等到火车开才走。"安杰伊用十分坚定的语气说道，"这里有什么好东西关我什么事，今天又不是我过生日，我什么都没有。火车不开，我就不走。"

有那么一瞬间，我觉得我也亲临现场。一楼大厅，周围是湿漉漉的毛呢大衣，盯着纸做的山峰，海绵做的树木，砖红色带子包裹的隧道，小小的信号灯。

人群中有我的父母，才几岁大，正看得入迷。当时他们还没相识。他们得软磨硬泡，父母才会答应带他们来这儿玩，但最后总是没时间，加不完的班，开不完的会，接不完的客人，终于来了，总算来了。

再过一会儿，电动火车就会出现。快了。一定。他们看啊看，拼命往前挤，拨开一堆大衣袖子往外看。电动火车还没驶来，但你们别担心，就快到站了。

够多

《清醒与幻想》这本书由两个短篇故事构成，即使封皮是布面的，也薄如圣饼。出版年份1966年。我先停下打包的工作，读起了这本幻想之书。重返旧时的狩猎场，重拾犹太式的俏皮话，借"二战"前的卡巴莱段子讲述哥穆尔卡①时代华沙的犹太老头，这并不是一个好点子。这篇小说是斯沃尼姆斯基②六十年代写下的。

在波兰人民共和国晚期，这个故事还被搬上了银幕。主演是一位总在"二战"后电影中扮犹太人的演员。波兰电影中出现的所有拉比、商人、厂长、医生、律师、前台以及

---

①瓦迪斯瓦夫·哥穆尔卡，曾任波兰共产党中央委员会第一书记。
②安东尼·斯沃尼姆斯基，波兰犹太裔诗人、剧作家、散文家、专栏记者、翻译家。与后文的《波兰之花》作者图维姆共同创办了两次世界大战期间著名的"皮卡多之下"卡巴莱剧团以及"斯卡曼德"文学社。

裁缝都有着同一副嗓子、同一张脸庞。小时候，我还以为这是唯一一张被允许出镜的犹太脸。这张脸由所有观众一同享用，还得提前排好期。

这是《波兰之花》作者的脸。这名演员的脸是从他伯伯那里继承来的。当他出没于街头或屏幕，并露出自己那昂贵而脆弱的鼻子时，我父母会说："图维姆[①]的堂弟出来了""他们就像两滴水一样相似"。那时我还以为，这是某种流行语、委婉语，所有犹太人都是图维姆的堂弟呢。

片子里还出现了弥赛亚这个角色，但因为找不到年龄合适的犹太演员，只能拿亚美尼亚人来充数。

在弥赛亚的故事里，最关键的要数裁缝莱泽曼那场了。（"他姓杜宾斯基，家住和气街，这条街现名希布纳街。"）

莱泽曼在熨着瓦利茨基医生的裤子（"医生姓韦恩斯坦，但他波兰得不能再波兰了，和贵族们称兄道弟"）。这条裤子是用客人提供的国外布料缝制而成，而莱泽曼却在最后一位客人的裤子上熨出了一个巨大的洞。这时，奇迹发生了。弥赛亚扭转了事件发生的顺序。影片向后倒退，这个洞先是变

[①] 指尤利安·图维姆，波兰犹太裔诗人、作家。被称为"驯服动物语言的诗人"，他的创作使儿童诗歌成为地位不逊于其他诗歌的载体。

成一块熨过的痕迹，然后是一块黑斑，再是摩挲的凹痕，最终彻底消失。

"我一回来，裤子就完好如初，一切都原封不动，当我还愣在门边时，听到有人说了句：ZE HAJA JOTEJR MIDAJ. 意思是：这种事已经够多了。"裁缝讲述道。

归根结底，所有人都想相信这句话，相信已经够多了，相信坏事不会成双，相信炸弹爆炸后弹坑里最安全，相信不幸与灾难的配额已经用完了，就算不是永远，也能很长一段时间都不用发愁了。

随着时间的推移，我们愈发坚定信念，觉得我们在跑向未来，仿佛是跑到老师那儿去告状。老师听我们诉苦，呵斥那群坏孩子，逼他们说对不起，并许诺不会再犯。

只有学校才会教概率运算。老师告诉我们，每次抛硬币的结果并不取决于前一次的结果。每抛一次的概率都是相同的。各占一半。字或花，二选一。只有在数学练习册里，我才看清，原来人生就是独立事件构成的链条，重复事件组成的队伍，每件事都在告诉你：没有什么是理所当然的。我吓坏了。

有一次，我和父母去看了一部历史片，关于歪曲与错误①的电影。

"现在他们还会做这样的事吗?"观影结束后,我问道。

"不会。"父亲让我放心,但又补了一句,"但会换着新法子来做。"

他连忙笑嘻嘻起来,因为在我们家,吓唬人不是他的职责。

---

① "歪曲与错误时期"(Okres błędów i wypaczeń)特指斯大林时期,是波兰人民共和国媒体话语里的一种委婉说法。

二、词典

Słownik

女司仪

需要请一位司仪来殡仪馆张罗仪式。司仪最好有一副恰如其分的嗓音,来宣布"我们在此告别""现在让我们移步墓前",还能把事情都安排得妥妥当当。

"我给你们看看他的照片。"女经理点了点鼠标。

我们仔细地看着谷歌搜索的结果。在每一场葬礼的照片里,都能看到洁白的百合和乌压压的人群。我试着找出那张重复出现的脸。

"这位穿礼袍的,主持得非常得体。"

"那就请他吧。"

"但最近他有一点不大好,我先提个醒,毕竟不是每个人都能接受,对吧?"

"有一点不大好?"

"他现在变了样。很帅气的小伙子,我也不懂,为啥要这样。"

"文身了?"

"是发型。"

"长发?"

"及肩,但不邋遢。护发素用得好,我得打听打听是哪款。"

"那还是算了。"

"要不我把夫人推荐给你们?"

"女司仪吗?"

"男司仪的夫人。男的写稿,夫妻俩轮流主持。"

我们同意了。女经理弯下身子,问了最后一个问题:

"那音乐呢?虽说是世俗的仪式,但你们连《圣母颂》都不想要吗?"

几天后,男司仪给我们发来他写的葬礼主持稿:

今天,我们齐聚一堂,深切悼念约安娜女士,并以我们的微薄之力,在这艰难的日子里,为其至亲至爱致以慰问。约安娜女士在不少人心中扮演着重要的角色:对某些人而言,她是好朋友、受爱戴的邻居、同人、

> 所处领域杰出的专家……对亲人而言，她是他们深爱的妻子、妈妈、奶奶、姐妹和姨母……无可替代的家人。

在我读书期间，都是母亲给我检查作文，划掉过于简单的形容词，挑出用烂了的固定搭配。

在这份"葬礼剧本"里，许多词成双成对，踏着舞步，仿佛舞蹈学校里的学生：受爱戴的邻居、杰出的专家、无可替代的家人。

我差点就经不住诱惑答应了，毕竟我对我母亲的怨念尚在。但凡事有个度。我怎么可能纵容某个陌生人把我母亲称为"无可替代的家人"？或是"受爱戴的邻居"？要不再加上一句"她在楼道里逢人就打招呼"？这些描述听起来更像是新闻报道里的连环杀人犯。

还是自己动手吧。其实主要也不是我写。我发动了母亲的朋友（她常说，最重要的莫过于朋友了）、家人，无论是成年人，还是小孩子，收集来了许多回忆。我只在一处心软了。那人在邮件里写道：

> 她尊重每一位病人，不论病人年长与否。即使面对的是还在上幼儿园的孩子，她也会付出同样多的心血，

在与孩子们交流时,一定要和他们保持"同一水平线"。她的视线总是和孩子们的视线处在同一水平线上。当她的脊椎疼得厉害,不能再弯腰或者坐在幼儿园的小板凳上时,她做的第一件事就是推掉幼儿园相关的工作,只因她不愿改变她的原则。

几个星期过去了。墓前的花束和烛灯已被清走,女司仪给我打了电话。

"我想感谢您的母亲,"她开始说道,隔着电话,她的声音还是很好听,"通过您来感谢约安娜医生。"

"她不是医生。"我回了一句。

"虽然我没能有机会与她当面结识,"这可能是她这行的常态吧,"但约安娜医生对我的人生有很大启发。上周的一场葬礼上有一个两岁大的小男孩,他对周围发生的事情还很懵懂。这时,我想起来约安娜医生的话。"

"她不是——"

"她说必须要和孩子的视线保持在同一水平线上。我蹲了下来,握住小男孩的手。周围的人还奇怪,司仪怎么不见了。我让小男孩抓起一把土抛到棺材盖上,我们还一起抛了土。他乐此不疲。所以，在某种意义上，我也是约安娜医生的学生。"

"她不是医生。"

手写笔记

母亲爱用圆珠笔，父亲爱用"永恒羽毛笔①"。我边整理文件边想，这个词也太荒谬了吧，没有东西是永恒的，甚至连长久都算不上。

母亲留下了上百页笔记、日程表、便笺纸。写的多是鉴定、事由，里面夹杂着电话号码、购物清单、菜谱、修改过的菜谱，以及实操之后的实用建议和警告。还有密封胶圈的直径、梳棉店的地址、药品名称、医生接诊时间。

父亲写得不多。项目研讨记录、住宅建筑备忘录，都是给打字机誊写用的草稿。有时还会写周一事项表（简写为"一"），每一项任务的前面都会画上小圆点或者小方格。

---

① 在波兰语里，永恒羽毛笔意为钢笔，尤其是有笔囊的自来水笔。

母亲用的是比克牌圆珠笔，黄色的那款。后来也用他家的水晶系列。她总是把笔弄丢，或落在办公室。那些笔不是缺了笔帽，就是已经裂开。不见踪影后，又会有新的一批补上。

父亲用的是所谓"永恒羽毛笔"。部分笔是爷爷传下来的，他总是把它们装在皮革笔套里。他会去赫蔑尔街的文具店买墨水。这些钢笔有时会打他个措手不及，在他衬衫胸口处留下绿色的墨渍，仿佛外星人被击中心脏（你没看错，他用绿色墨水）。污渍母亲会设法洗掉，父亲则负责用手帕擦拭笔尖，然后将手帕放在装满水的茶杯里泡一晚，把墨渍给泡开。他下笔，只写些重要事项，让每个字都有分量。

母亲则爱画小花儿，诊所的电话号码旁边都是些烦躁的装饰。每占线一次，就画上一朵小花。极有可能是非洲菊。

用钢笔书写，就像在击剑或跳舞。每个笔画的粗细都会根据笔尖的倾斜度，或者进攻的角度而有所不同。进攻、重回预备姿势（用笔尖拽出一条弓形的轨迹）、跳跃、华丽后退。

墨水会变干，会散开，会滴落，但"永恒羽毛笔"仍活着。父亲知道如何对付它，和它一块嬉戏打闹，让它言听计从——像极了马戏团的驯兽师。

有时他还会卖弄一番，用连绵不断的完美弓形画出编钟，他还会画带有后视镜和天线的小排量汽车。有时候会画坦克，舱门向上掀开，还有一根天线，那就是瞄准天空的侦察雷达了。

有一次他和母亲外出度假，每天早晨他们的房门前都会聚集着一帮小男孩：

"先生，您给我们画辆坦克吧！"

没人请母亲画非洲菊，也没人请她画脑袋圆滚滚、满头卷发的丑八怪小孩。

圆珠笔很听话。无论怎样的力道、书写材质和天气，它都能老老实实地书写。无论发生什么，它都能留下油亮油亮的毛线，仿佛蜗牛爬行留下的痕迹。套用我母亲的话，能一直写到嗝儿屁的那天。

但休克还是如期而至。先尝试急救，也许还能再写几笔。攥几个线圈。有一瞬间，毛线做的脉搏又重新跳动起来。不，还是不行。确认死亡。垃圾桶。

我在网上看到，原来圆珠笔是布达佩斯的某位记者发明的。

这个人需要一件工具来把修订了的文字誊写到校样上，他又不想成天拿着钢笔或铅笔在印刷厂里东奔西跑。既没有时间，也没有精力。圆珠笔这项发明就此诞生。

很快，这位发明家就不再是布达佩斯的记者，而沦为犹太难民，再后来在阿根廷当上了企业家。

第一批圆珠笔用来修改关于市政府部门工作情况的专栏文章。直到后来，英国皇家空军才给飞行员大量配备这种笔（在万里高空和在印刷厂里一样，"永恒羽毛笔"毫无用武之地）。

总统们、元帅们能用"永恒羽毛笔"来开马戏团，能在停战协议或结盟协议的下方签自己大名的首字母。

而他们之所以能这么做，全归功于轰炸机飞行员用圆珠笔写下轰炸布达佩斯或德累斯顿的位置坐标以及弹药数量。

我的母亲没有时间，事情太多了，她总是马不停蹄。太多预料之外的事情，太多亟待处理的事情。处方、电话、菜谱。她要驯服的事情已经够多了，哪里还有时间跟顽皮的墨水玩耍。

打字机

每天电话打个不停。打给管理处，打给首都暖气能源公司，打给水务，打给主任，打给领班。有时还打给市里值班的技术员，那可是个神秘的角色，是只用一百只眼睛盯着操作台和屏幕的黑蜘蛛。然而大多数情况下，还是直接打给一个叫科普什乔科的工程师。通常是因为水的问题：停水，水漫金山，水太凉，水有锈味。或是管道泄漏，水渍，发霉。或是又不供暖了。打电话，是为了让管理员来拧紧主排水管，拧松主排水管。是为了让人去找负责保管水管扳手、却整天醉得不省人事的管理员。

地下埋着管道。它们偶尔会像静脉一样浮到地表，钻到楼房里去，形成一张毛细血管网，紧紧包裹着我们。在浴室里，管道被用一块黄白色的胶合板覆盖着，以省去重新砸墙和砌墙的麻烦。只需移开这块隔板，就能一窥这个世界的内脏——胡乱堆砌的砖块、铁锈、霉味、无边的漆黑，还有邻居的说话声。

四周是哗啦作响的世界末日。用锅炉水垢、管道锈蚀写成的启示录。《异形》[1]这部电影就是水管事故的写照，水不仅冲破了墙壁，也打破了看似平静的生活。

《西里尔，你在哪儿？》的作者维克多·沃洛施尔斯基把水造成的一切问题都归结于熵。有一部喜剧也探讨了类似主题。当然还有不少歌曲和段子。社会主义时期电影里最受欢迎的配角一直是某个满身肥皂泡泡的男人——用浴巾裹住下半身、眼睛被洗发水弄得半瞎，跌跌跄跄地寻找水管工（或醉醺醺的水管扳手保管员）。

隐喻呼之欲出。但在我母亲面前可拉倒吧。母亲坚信，某个人应该为此负责。系统泄露、渗液乃至腐烂，而在这社区灾难的背后，有一张脸逐渐浮现出来。准确来说，是工程师科普什乔科的脸。

---

[1] 美国20世纪七八十年代的系列科幻惊悚片。据本书作者提示，此处亦暗指1971年波兰的一部超级英雄喜剧电影《水之谜》(*Hydrozagadka*)。影片讲述华沙城酷暑难耐，但所有水资源都莫名消失，科学家秘密委派超级英雄"王牌"（平日是一位名不见经传的工程师）来调查此案。

想逮住工程师科普什乔科并不容易。他在片区里四处游荡。不是在开闲会，就是到上级部门去接受指示。不过最常做的还是干脆不接电话，或者把话筒架起来。

有时候，母亲在尝试了三次还联系不上他时，就会派我去拨号。我一次又一次地旋动拨盘，仍无果，忙线。再试一次，忙线。

母亲反对一切轻巧的推辞，她会把它们统统否决掉：

"我尽力了。"

"我做了力所能及的。"

"我也想啊，但没用。"

"你要做的是打通电话。"她说，"我不管你尝试多少遍，你要做的是打通电话。我没有叫你尽力，我是叫你打通电话。"

与此同时，科普什乔科肯定在啜饮着玻璃杯里的咖啡，吐着咖啡渣，嘴角露出轻蔑的微笑。

这么多年过去了，我还能见到他。每一次我试图打通银行或者片区诊所的服务热线时，这个人就会出现。工程师一点儿都没变，同样的西装，同样的笑容，而我前面还有十一个人在等候。目前所有的客服都在忙，如果你不想等候，请直接挂机或按星号键退出。

最终，情况发展到了要动诸书面的阶段，母亲写了一封信。

嗒嗒。忍无可忍。嗒嗒，关于用水难题的信函上访。关于保养周期延长的调查报告。针对管道问题的备忘录。

母亲的手写信里全是相互串套的浑圆线圈——每个单词像极了被拉扯的小云朵，或BB鸟在去阿尔伯克基的路上留下的痕迹。

正因如此，父亲还是搬出了一部土黄色的乌赤尼克牌打字机给母亲用。母亲敲出一个又一个字母。她惯于写挖苦式的长篇累牍，不放过任何一个细节，字字带刺。哪里写错了，为了泄愤，她就会用一长串叉号来划掉。

  比工程约定的时间晚一个月。XXXXX科普什乔科慷慨地……恭敬地向我们保证，他会XXXXX。在电话里。鉴于此，工程师……因为在约定的时间……在约定的日期我等了三小时……可是……尽管如此XXXX。简直令人难以置信……XXXXXXXXX。

"你为啥要写信？"我觉得很奇怪，"科普什乔科肯定知道我们停水了。"

"那又怎样。"母亲答道。

"他肯定记得他在电话里说了什么,因为你后来臭骂了他一顿。"

"那又怎样。"

"那你写信是为了啥?"

"为了让他害怕。"

"他为什么要害怕?"

"因为当他读到这封信时,就会觉得我也把信同时寄给了报社。"

我顿时语塞。

"你真的要寄信给报社?"

我们那时喜欢读《晚间速递》。

母亲常说:"这上边的东西千篇一律,但至少好玩。"

那上面登载了不少幽默漫画。戈维东·米克拉舍夫斯基[1]曾画过华沙美人鱼——快活的翘鼻小妇人(在她身后是美人鱼的丈夫,脸上总是露出一副既惊讶又见怪不怪的表

---

[1]波兰幽默画家,图书、动画插图画家。

情)。这种沙文主义式的漫画足足有一页宽,而且这一页是用全体代表大会会议纪要换来的,是用播种通讯换来的,是用反懒政宣传换来的,是用公诉人成功起诉非法印刷厂的报道换来的。

旁边的红色方框里发布的是全球趣闻。某些报道相当耐人寻味,如手球打得越来越溜的日本机器人,高加索地区的老人再次打破长寿纪录,给克里姆林宫的年轻伙计们树立了好榜样。

费奥多罗夫教授[①]使人重获光明。中国的一位农民在一颗——必须承认——格外饱满的米粒上誊写了整本红宝书。

最重要的是,《晚间速递》里还有连载小说。外国作家写的犯罪小说,但也可能是某个波兰作家化名,以营造某种神秘感。

这是个职业杀手的故事,情节极为复杂。主人公给自己立下了一条特殊的行规:绝不取前任雇主的性命。于是,许多富豪纷纷未雨绸缪,雇用这位杀手来暗杀陌生人。时至今日,这依然是我听说过的最好的营销手段。

在八十年代,我和母亲还整天幻想,我们能不能也雇用

---

① 苏联知名眼外科专家。其研究的人工晶体使全世界的眼疾患者重见光明,矫正近视和散光的方法也帮助人们恢复了视力。——编者注

这个歹徒——叫他干啥？——当然是收拾工程师科普什乔科呀。我个人认为，让他顺路造访一下教师办公室，也未尝不可。

那时候视频时代还远未开始，因此这类阴森幻想主要拜书籍所赐："这个矮壮的家伙先是一脚把门踹开，然后用机关枪对着他就是一阵扫射"或者"他应声倒下，头顶上方的墙壁是带血子弹留下的一排窟窿"。

这样才对嘛！工程师科普什乔科一头栽倒在地，同时把象征胜利的棕榈叶和锦旗拽了下来，而能源职工运动会的奖杯也将碎得稀巴烂……但你真的认为共产主义报纸能干掉工程师？

"你真的要寄出去吗？"我的问题里充满恐惧。无论怎么说，这么做都算是朋比为奸、打小报告，是不可饶恕的行为。"还是别这么做了！"

"我当然不会这样做。"母亲说，"但科普什乔科会觉得我会这样做。"

"这样的话，不如你重新抄一遍？删掉这些叉号？

"这么做，是为了让他看到，我有多认真吗？"

那时我终于明白了。这就是我们的力量。我们有能力描写漏水的水龙头、食言的水管工。我们要写一篇文章，因为写作正是我们所擅长的。

我们还要把文章寄给报社，然后他们很快就会把它登在《读者来信》栏目里。这么优美的信，还愁没地儿发表？

哈哈，工程师科普什乔科！你就等着丢脸丢到家吧！全城无人不晓，你的妻子将以泪洗面，你孩子的脸将红如火烧。

领导拿起电话，二话不说就会把你炒了，一去无回头啊，大工程师。到那时，你就会想起，你好像忘了派施工队到马达林斯基街去。我们三番五次地央求你，提醒你，最后呢？

现在就算你飞奔过来，在门垫上打滚求饶，也为时已晚。你将得到应有的惩罚，因为我们有能力把这一切写下来。

独门绝技之在邮局打嘴仗

"我想退订我母亲的广播电视套餐,因为她去世了。"

"噢,我去。"

"是啊。"

"不是说这个。套餐业务到 C 窗口更好。您拿个号,我同事会告诉您怎么做。"此时,她的眼睛闪烁了一下,想到了一个捉弄同事的好点子。"您还是先去咨询处看看吧。"

此时的我像个诱饵,像枚臭鸡蛋,可以把我扔给 C 窗口的同事(很诱人的主意)。但还有个更美妙的主意——把我扔给咨询处那个狡猾的女人,谁叫她从早到晚只会坐在那里售卖时髦商品:信封、有机化妆品,以及艾丽丝·门罗的短篇小说集。(几个月后,艾丽丝·门罗的小说被换成了关于"被诅咒的士兵"[1]的书。)

"我想退订我母亲的广播电视套餐。"我先吭声。

嗒嗒,嗒嗒,咔咔。美甲片刮着键盘。

"这位女士没缴过套餐的费用。"

"怎么会没缴费?"

"从1996年开始就没缴了。"

"我有缴费记录。"我承诺道。

"您给我看看。"

但我的气势突然短了半截。

"为什么只付了十七兹罗提?"

"不知道。"

"你不知道谁知道?"她切了一声,"套餐没那么便宜。"

艾丽丝·门罗的书有着漆面封皮,上面是一个无头女人的黑白照片。太阳光斑在漆面上翩翩起舞,旁边则是展开的团契贺卡和纸做的小鸡。购书者回家后可能会和家人说:"看,我在邮局买了一本加拿大诺奖得主的书。"想想就可笑。

"这个账号是怎么回事?为啥显示所属地在比得哥什[2]?"

---

[1]指"二战"后期及波兰人民共和国建国初期在波兰政府地下军中形成的反苏、反共、争取独立的游击队势力。
[2]波兰中部城市。

"不知道，但我母亲每个月都给你们公司付十七兹罗提。"我理直气壮地说。

"也许是在邮政银行还贷？"

"她没有贷要还。"

"您又知道？"

我无法想象母亲偷偷借钱，然后跑到比得哥什的邮政银行去还贷的情景。

队伍里传来一阵嘀咕。一些人想买复活节贺卡，另一些人想付账单。大家开始变得不耐烦。

我抬头直视着这位波兰邮政局的工作人员。

"请不要用这种语气跟我说话。"我不想和她废话了。

这是个关键时刻。诗人卡瓦菲斯曾写过的关键时刻：

> 对一些人而言，这样的时刻正在到来，
> 他们必须说出伟大的是
> 或者伟大的否。

这位政府工作人员需要好好掂酌接下来的策略了。截至目前，她的"否"都只是小小的"否"，普通的、例行的"否"。这种"否"只是想赌一把，也许能蒙混过去呢，也许我会打退堂鼓呢,也许我会拿起死亡证明和历史账单转身就走呢。

第一个"否"是必理通,是覆盆子茶,希望身体会自愈,没什么大不了的,问题会自己解决的。草率的点头,喃喃的赞许,眼皮微微一动,都会被看作某种认可,某种妥协,某种蓝色圆珠笔写的承诺书,带圆章的电子签名。然后就完事了。

"请不要用这种语气跟我说话。"我昂起脖颈,竖起羽毛。

就像在跳舞,我们踩着舞点,步调一致,朝着"我没冲您嚷嚷"这一目标前进。

"请别冲我嚷嚷。"

"我没冲您嚷嚷。"

"您这还不算嚷嚷?"

"是您在嚷嚷。要嚷嚷,就回家冲您老婆嚷嚷去,这儿是邮局。"

"是男的先嚷嚷的。"一群客户齐声表示认同,"也不看看大家都在赶时间。"

"是女的先嚷嚷的。"另一群客户则齐声点明,因为他们取的是另外一个窗口的号。

事情尚未尘埃落定。我们俩站在交叉路口上,其中一条路通向:我想见您的上司——请便——我要写投诉信——您尽管写——这信我是写定了……最后仍是绝望地摔门而出。

但我们还可以选择一条使冲突降级的路。

"我该说的都说了,您是不是听漏了。"工作人员打起圆场来。

"也许吧,"我也退一步,"那这个套餐您看怎么办?"

咯吱,嗒嗒,嘘噜噗噜——美甲片刮键盘的声音更友善了。

"该不会是广播费吧?"

紧张的气氛消失了。战舰改变航向,飞机返回基地。排队的人也松了一口气。

国家会垮掉。神圣的财产权不断易手。政客等着接受国家法庭或海牙国际法庭的审判。只有公务员是永恒的。他们比首相、总理和书记都要强大。因为他们有置身事外的超能力。

他们也有爱心爆棚或者毛发森竖的时候,但这只是假象。他们才是进化的最终目标,而我们是注定要灭绝的物种,肥胖的不飞鸟,伟大动物界的笨重代表,原始森林。

毛毛虫

年轻的已婚男女构成某种内部的攻守共同体，无论发生什么，都如同城墙般屹立不倒，一致对外。……两只慈鸟几乎一直以一种紧绷且令人震撼的姿态，以相距不过一米的距离，相携一生。

——康拉德·洛伦茨

要想闹得好，还得懂技巧。要想闹得好，还得心思小。

别大声压制。别用可能会引火烧身的论据。别靠虚张声势来恐吓他人。要打好手里的牌，即使是一手烂牌。

母亲在邮局、办公室、学校、住房管理处接受过训练。还用销售员、店员、公务员、登记员、老师、警官来训练自己。

打嘴仗是一种训练，永无休止的战争游戏。她研究反应时间，尝试最佳策略。

不打不相识。

我还记得戒严令颁布后第七天的事情。

"我想打听一下，我的兄弟在哪儿。三个便衣把他从家里抓走了。"

"叫什么名字？"然后又说，"我们这儿没这个人。"

"这样啊，那我要报案，有三个伪装成安全部门的男人绑走了我的兄弟。"

"那我再查查吧。叫什么名字来着？"

许多个月以后，我听见一个刚被赦罪的活动人士对我父亲说："你有这样的妻子，还有什么可害怕的？"我发誓，他的确是这样说的。

父母双剑合璧时，嘴仗打得最好。母亲动之以情，全神贯注，时刻准备歇斯底里，父亲则保持距离。两人结合，可谓所向披靡。母亲负责进攻。父亲确保后方无患，他佯装观点不同，假装不一边倒，不参与到焦灼的战事中，实则随时准备加入，提供增援。

他们不是小题大做的人，也非无理取闹之徒。他们就像一对敢于抗争的灰雁，比翼齐飞，遨游世界。不寻衅滋事，只是稍微竖起羽毛。

此事我不擅长。先是憋着，边假笑，边低声下气，再突然爆发。我不仅闹得太晚，还闹得太过。最后，只能自己道歉，平复情绪，羞愧地打起退堂鼓，边嘟嘟囔囔，边打道回府。

但我明明有过完美开局呀，当年我可是和母亲一块儿唱过双簧呢。还很小的时候，我打了最成功的一场嘴仗。

"这个窗口不开。"工作人员说道。

"怎么不开了？"我母亲发起进攻。

"不开就是不开。"

"那您坐在里面干吗？"

"为了装饰！"好一声响亮的回答。

我的表演时刻终于到了。从地上悠悠地传来我的声音："这装饰还真不简单。"

母亲感到心满意足，但尽管如此，她并不看好我能成功。

"你的利齿终会被磨平的。"她常这么警告我。

父亲，昆虫、蠕虫和蚯蚓的狂热爱好者，曾给我展示过一条毛茸茸的幼虫。

这条幼虫没有尖刺，也没有硬壳。不像蛤蟆那样会鼓起脖子。也不会展翅。它生存靠的只是谦逊的忠告："吃我吧，看我给你的喉咙挠痒痒。"

这才是关键。做一条敢于抗争的毛毛虫。自信的、乐呵呵的毛毛虫。别忘记自己的角色，别竖起羽毛，但也别妄自菲薄。

"最好别来烦我，别触碰我的底线，当心我卡住你的喉咙。嘿嘿嘿——！"

好比

某年的夏天,在卡齐米日①忽然出现了一名马术教练,在防洪坝附近营业。

那匹马儿一副生无可恋的样子,被牵着在场地里绕圈圈,绕了整整六十分钟。那个走运的家伙在马背上晃悠了六十圈,在一旁排队等候的人跃跃欲试,边焦急地盯着场地,边不停地瞅着手表。

母亲也被说动了。但当我爬上马背时,就明白为什么说骑马是一场生死搏斗。缰绳另一头的马主却开始夸赞起我的非凡天赋。

就算有不玩弄这种伎俩的泥塑、剑术、网球教练,他也

---

①即下卡齐米日城,在华沙东南方向。为克拉科夫犹太人生活区,"二战"期间被摧毁,1990年重建。

还没出生吧。只要小孩子敲一下琴键,钢琴教师就会像沃伊切赫·日夫尼①一样,把"弗里采克②是个天才"挂在嘴边。

马儿踱着步,我拼了命地保持平衡,马主则继续喋喋不休。

"真从容淡定!"他连连咂嘴,"这才第一堂课,姿势就这么好了!天生的骑手啊。"他准是为了深挖这个话题,又补充道,"女士,您瞧瞧您的孩子,他的表情好比在告诉我们这一切他都不放在眼里'。"

然而,这一次,沃伊切赫·日夫尼先生弹错了音符。

"为啥要花钱给他上一门他不放在眼里的课呢?"我母亲表示。

马儿绕完最后一圈,在十二点方向停下了。我跳到地上,总算得救。骑马这个话题后来再也没被提起过。我母亲自始至终都瞧不起"好比"这个词。

---

① 捷克裔波兰钢琴家、作曲家、教育家,肖邦的第一位钢琴教师。
② 弗里德里克·肖邦的昵称。

屁话一箩筐

> 泪流成河吧。
> 来吧,为我,为我,为我泪流成河吧
> 因我曾为你泪流成河

母亲记得,那个时候,哪个邻居泪水泛滥,哪个邻居一言不发。据她讲述,女看守与民主家政人员都暗地里咒骂起来。

工人、农民和作家都纷纷为这位和平捍卫者的逝去而痛哭流涕。有人还跟我说,他和幼儿园一整班的孩子一起哭泣。但几个小时后问题还是出现了:孩子们的泪水不够用了。于是,老师们顶着压力,召开紧急会议,最终决定,就算哭不出来,也必须得坚持干瘪的哀号:呜呜呜。

高钦斯基[1]，这个可怜的人儿，还得在墓前赋诗一首，讲述全世界的河流是怎样为这位伟大的水文投资庇护者哭泣的。

春洪之景昭示着解冻的到来。没过多久，在某部苏联电影里，一条小溪，雪地里的一条咸水涓流象征着政治的变迁。

母亲的表姐差点被学校开除，只因她信口胡言了一句："还是穿着鞋死的。"[2] 揭发、丑闻与调查，空气中弥漫着灾难的气息，姨妈祈求主任不要毁了她孩子的前程。

不知怎的，最后还算有惊无险。去斯大林化来了，玉米田里的赫鲁晓夫也来了。很快，鞋子的故事就被另一桩逸事代替了。

那是在 1953 年 3 月，同一天，或者稍晚些，如果考虑到通讯延迟的话，北部某个地方，两队囚犯相遇，用俄语互相传递讯息："乌斯·奥特基努·赫沃斯特！"

胡子移开尾巴。

胡子伸直蹄子。

胡子跳进笔盒。

胡子敲击日历。

---
[1] 康斯坦丁·伊尔德丰斯·高钦斯基，波兰著名诗人。
[2] "穿着鞋死去"是一句俗语，意为已无力回天。

胡子上好油灰。①

斯大林时期终结于马雷克·赫瓦斯科描写过的那个时刻：一间业余剧院里正在上演一部关于朝鲜或者劳模的舞台剧，有一名观众跳上舞台，将匕首插在男主角的胸膛上，并大呼一句："现在你再也上不了雅芝加②了！"

我父母的青葱岁月大概也是在那个时期开始的。自那时起，他们就很喜欢下面这些口头禅。

把高格调操进帽子里。

稀里哗啦，屁话一箩筐。

笑得像傻子看见奶酪一样吧。

不是巫术，就是拉稀。③

为您效劳。

卡佩乌？④

滚他妈的门多。⑤

---

① 这几句都是波兰俗语，意为"去世"。上文的"乌斯·奥特基努·赫沃斯特"即"胡子移开尾巴"的俄语音译。
② 波兰女性名字雅德维加的昵称。
③ 意为祸不单行。
④ 波兰语中 KPW 三个字母缩写，意为"你都懂了吗？"
⑤ 该词为波兰语为避讳脏词而加上了意大利语名词后缀 mento（音译：门多）。

还有这一些母亲用来应对突发事件的口头禅。

"我不想上学,喉咙疼。"

"刚颁布了健康状况五号通知,但你还是给我起床,不然就迟到了。"

他们那个年代的人一说话,我就能认出来。看似平铺直叙,实则字斟句酌。而且,他们的用词带有一种讽刺,仿佛透气且防水的内衬。现在造鞋用的都是这种布料。

出于某种原因,一旦落到笔头,这些特征却消失了。在纸面上,这群人变得僵硬、鼓胀。随着岁月流逝,他们变得更像由合金铸造的人。

词语辜负了他们,词语欺骗了他们。之后,这些词语就像十月[①]之后的知识分子。你可以听他们的话,甚至可以喜欢上他们——但总要对此有所保留,处处提防。这是一种对某个被多次击碎、折断,后又用碎片重新拼回来的人的好感。

没任何冒犯之意,但我们不会跟着你步入黑暗。相反,是你要帮助我们,你才是我们的人质。而词语的确尽力去帮助他们了。

---

①这里指 1956 年 10 月在波兰发生的一系列政治事件,被称为"波兰十月事件"。

此外，在他们年轻时的那个年代，年轻本身就富含意义。年轻的边界在当时还很明显。

大人们穿的衣服不一样，说话的方式不一样，行为举止也不一样。我的父母常穿霍夫兰牌的衣服，后来也穿科顿菲尔德的长袖运动衫，他们不想完全长大。他们还让别人直呼其名，因此我都是叫他们"彼得雷克"和"约安娜"，直到叫烦了为止。

他们去上班，承担各种严肃认真、责任重大的任务，但即便面对成人世界的千斤重担，他们始终怀抱童子军般的热情。

父母的严肃，总带着些玩世不恭的影子，轻浮油滑，又不乏真性情。

我的母亲没有留下任何格言警句、金点子或者清规戒律。

她过于谨慎，当不了出头鸟，无法在回答问题、做出反应、冷嘲热讽时，任由情绪爆发。但如果有人膨胀过头，她就会随时准备介入。

她对词语的疑心极重，如果要引述口头禅，就必须得提供它的来源。

弗瓦嘉女士总是说，报纸不写好人。

实际上，顺着这句话的思路，可以认为好人都不在报纸上写东西，报纸都不用好词。任何最终被刊登出来的习惯用语，都应该退出我们的生活。

"谁这么说的！"母亲脸色骤变，既嫌弃，又怜悯那些语言受到感染的倒霉鬼。

母亲不喜欢那些寓意被精心设计的书籍和电影，以及那些立意过高的剧本。这些剧本展示的往往是唐氏综合征没什么不好的（她的原话），爱情终会战胜疾病；病人会像尤达大师①一样从世上消失，不会经历失禁、褥疮、止痛药；无论什么情况，都必须振作起来；家人们总能拧成一股绳。

她从不接受为了安慰而安慰，还有为了顺乎人情而进行廉价的慰问。

母亲受不了委婉语。有一次，她的一位病人在吸烟，被

---

① 《星球大战》系列中的重要角色。

她抓了个现行,那个年代烟盒上还没写满警示标语。

"您肯定要告诉我吸烟有害健康了。"病人长吸一口气。

"不,"她表示反对,"我要说的是,您想得癌症,就吸吧。"

她说得比卫生部还要狠(她自己从不吸烟)。

"我不喜欢平翘舌不分的人。"她龇牙咧嘴地看着电视上说笑的优雅老妇人。

她并非怪物,而是比我们更先察觉到煽情布下的陷阱。

当"把孩子抱在心脏底下"这种说法开始流行时(让人联想到袋鼠妈妈育儿),她简直要发疯了。

她有自己的见解。她知道,当报纸开始报道冷冻胚胎时,当电视里穿西装和长袍的家伙开始为泡在液氮里的小细胞倍感不安时,当大家开始谈论那些张开小嘴,祈求"生我吧,生我吧"的小胚胎时,他们心里想的肯定是禁止试管婴儿了。

理论上

我上五年级时，某一天我射门了。这是个很复杂的故事，在此不必赘述。反正除了那次体育课，我再也没试过离破门这么近了。

我闯入禁区后，守门员也一脸震惊。我畏首畏尾，满脸问号，接着蹭了蹭皮球。出乎我意料的是，皮球也给我献上助攻，不紧不慢地朝着球门飞去——此处我非常想添加、补充、完善、延长这个句子，延长那一瞬间。可事与愿违。皮球拐了个弯，被门柱弹了回来，最后在草地上滑动了一会儿。一切又重回当初。

我回到家，写了会儿作业。电台正在播放《三号台交响乐》节目。我等啊等，总算等到远处传来的脚步声，"金库型"门锁的嘎吱声，以及购物袋撞击门的声音。我急忙冲过去帮忙拎东西,好让母亲一进门,我就可以宣布我的成就。

但就在这一刻,我犯了个错误。我的所作所为,像极了今时今日的报纸和网站,为了哗众取宠,或者单纯就是懒,就捏造了一个新闻标题。我找不到别的方式,来宣泄我获胜后的激动心情。

"我射门了。"

"射门?"母亲替我感到开心。

"理论上射门了。"我换了个更准确的说法。

怎么啦?我不是已经尽己所能了嘛,球最后决定干吗,我又不能左右。而且"理论上"这个词我才刚学会没多久,所以我才想方设法去使用它。

"什么?"

"理……"

我知道错了,尽管我不完全知道,我要为这个错误付出怎样的代价。"理论上"这个词——如果吞掉韵母,就会变成一串咕噜声。

"嘞噜嘘嘘么了。"

"你理论上射门了?"母亲重复道。

"对。"

"所以你没射门?"

"对，没射。"我不仅中了滥用语言的圈套，还陷入了该用肯定还是双重否定的无谓挣扎。"我的确没射门。"

"你没射门。"

熟悉这种语气的不止我一人。有一次，一名不太聪明的患者从某处获取了一份常识测试题的答案。出题人给出的只是正确答案的允许范围，而那个可怜虫把所有答案都背得滚瓜烂熟。

"我们离巴黎有多少公里？"

"一千至一千五。"他答道。

"它在橡皮筋上？"母亲问道，"巴黎？能屈能伸？"

这位硕士有时还挺毒舌的。她不是那种轻易放过某个话题的人，因此我在后面很长一段时间里，还一直被她冷嘲热讽："你到底擅长什么？理论上射门？"

母亲她欣赏为某件事所做出的努力，尽管不一定总能如愿以偿。她能理解，也会原谅失败。还能对撒谎暂缓量刑，对莽撞、懦怯和软弱加以谅解，对自吹自擂置若罔闻（这会难一些）。但，她绝对不允许在文字上钻空子。

沥青

奥库扎瓦①创作的歌曲里，有一首我印象最为深刻。我听的是波兰语版的。那首歌的歌词可谓六十年代的小集锦：战争回忆、征服宇宙、消费萧条，还有莫可名状的思念、感伤和渴望，这些东西将我们引向浪漫主义诗人、无能的革命，还有在元老院广场挨冻、直到当局清场的十二月党人。

埃德蒙·费廷②曾经为"上面不再有雕像的雕塑台"献唱。后来我发现，雕塑台上空空如也的一幕原来是歌词译者擅自添加的，也正因如此，对斯大林崇拜的影射才比原来的歌词更直白。还有关于火箭的歌词，火箭"把我们绑到远方"——在这里使用第一人称似乎有点过了头；这一次并非

---
①布拉特·奥库扎瓦，苏联格鲁吉亚裔弹唱诗人。
②波兰电影、戏剧演员，歌手。

所有人都被火箭俘走。

值得一提的是，在我的童年，航天飞行已经不那么让人大惊小怪了。学校里的课文和游乐园里的火箭是加加林掀起的航天热的唯一见证。簌簌的尼龙-6衬衫也不能激起人们的渴望。

真正的秘密隐藏在歌曲的尾声：

> 我愿以人头担保，
> 就在明天将要发生大事。

一个孤独的词语悬挂在最后一句的结尾处，就像是一滴水珠，随时都有可能会滴落。

"要发生什么事？"我问大人们。

"大事。"他们回答。

"革命？"说到俄国，除革命之外，我再也联想不到别的。

"不是。"

"那是什么？"

"大事。"

大事。所有将要发生的事件的预告。浓缩的物质。大爆炸前的宇宙。

我那时候认为这必定与政治有关。父亲也必定期待着这件事发生,所以每到深夜都会收听BBC,所以才会在收音机旋钮旁边贴上橙色的圆点(是他用打孔机和便贴纸制作的),在受干扰较少的频率上画线。

越来越近了。沙沙声掩护下的广播,报纸文章的言外之意,或是电视主持人穿帮的扭曲表情,都可能是信号。星期一,学校将停课,所有人都不许出门。

与父亲不同,母亲老早就睡了,因为得早起,上八点的班。

1927年,布里斯班的帕内尔教授把熔化的沥青注入一个玻璃漏斗。三年后,他把塞子拔掉[①],任由油光发亮的液块滴落。

的确。在纳粹德国吞并奥地利不足一年后,第一滴沥青滴落。第二滴直到1947年2月才滴落。大概发生在某个周末的深夜,实验室大门紧闭,里面静悄悄的。也可能截然相反,滴落发生在白天,四周人声鼎沸,实验室的燃烧器轰鸣,每个人都在忙碌,但天意弄人,竟没人把目光投向正确的方向。

---

①原文如此。但实际上,帕内尔教授的沥青滴落试验是"把漏斗的封口切开"而非"把塞子拔掉",此处疑作者笔误。——编者注

帕内尔在1948年去世，最后也没能熬到第三滴。

2014年4月，三台网络摄像机记录了第九滴沥青滴落的画面。暂时就这么多。地球另一边的某个地方，第十滴正在生长（自从安装了空调以后，沥青滴的形状变长了）。

我试着去想象，沥青滴是怎样滴落的。

在戒严令后的某个下午，我在厨房里帮母亲干活。实际上是她一个人在剥、切、敲，我在一旁给她念报纸。

念完所有的真实报道后，我就开始瞎编。我先是宣布一则关于苏联解体的消息。据塔斯社报道，哈萨克斯坦决定退出兄弟国家联盟，并援引苏联宪法的相关条款。（没反应）。波罗的海国家纷纷效仿，宣布独立（仍没反应）和中立（咔嚓咔嚓咔嚓），其余加盟国则认为，继续维持现状已毫无意义……（切菜声不间断）。我有点编不下去了，但仍旧模仿着官方消息的口吻（等一下，搅拌机很吵），母亲依然不为所动（嗞嗞嗞嗞嗞）。如果不够生动，我还能再编个火星人造访地球。

"真不赖。"母亲终于吭声，"然后呢？"

"让我们继续关注事态发展。"

"啊哈。"

沥青滴仍在悬着，而事件却按地质时间来演进。

就连收音机也用活泼的歌曲来鼓舞人心："要像石头一样。"唱的都是矿物和巨石、钻石和灰烬，石头能改变雪崩的方向。但从长远来看，要变成冷冰冰的头骨，还是有希望的，虽然这归宿并不鼓舞人心。

有时候，大事的确在发生。恐慌一波接着一波，电话里的半加密信息，关于货币贬值的流言，关于爆炸的蜚语，间谍卫星在我们头顶飞过，辐射云从远方飘来。

我们日常的置身事外就像沙子一样干燥，能被倒进机器的齿轮里，能磨掉建筑物的轮廓，能堆砌金字塔。唯一要做的，就是等待。

直到资本主义的到来，一切才重新找回节奏。雪崩因我们买的酸奶而改变方向。消费者的决策赋予世界新的形态。

比拉超市[①]里十二种奶酪和酸奶等着你来挑选。我们把手伸向其中一种——这个姿势又被成千上万只手重复，最终造就了财富。一兹罗提摇身一变，成了一百万兹罗提。一片片火腿肉最终化成某人宫殿里的中国大理石。一罐罐蛋黄酱

---

①来自奥地利的连锁超市。

(妈，为你的动脉多考虑一下）赢得了政客们的青睐以及主教们的祷告。

成箱出售的雪糕甚至可以为高结婚率和离婚率、慈善活动以及妻女的嗜好而买单。卡巴诺斯香肠甚至可以用来付绑匪的赎金。

资本主义给一切赋予了意义。所有使富豪致富的不幸都有我们的一份功劳。

父亲不相信互联网。每天晚上他依旧坐在老地方收听新闻。他去世以后，我接替了他的岗，轮到我竖起耳朵值班了。听得多了，也就变聪明了，还学会了给母亲上课。再后来，只剩下我一人。每天深夜，我仍盯着电视屏幕。还有大事要发生。

三月①之后

三月前。在三月。三月后。三月的。仿佛三月。跟三月似的。这个月份扎根在她一生中的某处。又是一件我不理解的事情。我的意思是，我以为我理解——我把该读的文献都读了，把各种引语、各个人物都认了个遍。我还了解那些过时的逸闻、题外话，人们假借它们之手，来对迫害行动的参与者施以正义的私刑。令人生畏的双关语，对姓女人的讲师以及姓母鸡的主编的鞭笞。看吧，他们逃不过惩罚的——正义的犹太上帝甚至给他们起了这样的姓，真是不玩文字游戏都不行。

母亲常说，终有一天，她要亲眼见证哥穆尔卡被绞死，

---

① 指1968年的"三月事件"。见第31页注释。

我在一旁加油鼓劲。当然了,那一天迟迟没有到来。那些多年来口口相传的冷嘲热讽成为正义的唯一代偿品。

九十年代前后,第一部犹太人大屠杀儿童回忆录出版,此后同类书籍陆续面世。我记得那个见面会,当时"展销会"一词应该进入大众视野了吧,我还记得那个所谓大屠杀儿童图书展销会——在文学博物馆的小会客厅里,御寒大衣簌簌作响,地板刚上蜡,鞋子上沾着的雪慢慢融化,雪水在浅黄色的木地板上漫延开来,渗进地板缝隙,而客人们则锚定在椅子上。

父母的那些不知分寸的朋友我也认识。但他们是战后一代,战后长大的孩子,骨子里有种漫不经心。拱形会客厅里的人们看起来年纪要大得多。我是第一次感受到这般悲伤的气氛。

这本灰色的书后面附带着人物介绍,作为生活还在继续的简要证明。那些被从地窖、密室、修道院里救出来的人,都开启了另一段人生。他们接受教育,成家立业,而面对新的家人时,有的人选择述说过去,有的人则选择沉默不语。

接下来几行列出了高校、机构、工厂、城镇的名称,在某些位置还标注了日期。每一个人物都有着不同的人生轨迹,只在一处交汇。

后来我时不时会看见这个数字：68。许多人物介绍都离不开这个数字。恰好那一年，检察官变成了伤残人士合作社的法律顾问，电台员工变成了退休人员，主管变成了低保户。

也是在那一年，我外婆开始哭号：

"我生小孩究竟为了什么啊？生小孩究竟为了什么？"

这是一场加时赛。历史追赶上他们所有人。但过去的就让它过去吧。既不立刻，也不彻底，更非一了百了，但总归是有惊无险。当练练胆子吧。

我们仍在谈论政治

过去,我常去看父母,和他们一起聊政治。后来,就剩下母亲自己,我还是常去看她,和她一起聊政治。这种类型的对话总是有条不紊。我是这样折磨她的。

"你知道",我问,"昨天奥雷尼克的访谈嘉宾是谁吗?"

"知道。"她说,"一个恶心的希特勒青年团员。"

(在她眼中,年轻的政客比年纪大的还要糟糕)。

"呃,没那么夸张。他还是很能干的。"我乘着她的反应继续说道,"长得也挺帅。"

"白痴。"母亲被惹火了。我假装不知道她在说谁。

"是白痴没错,但主席[①]很信赖他。"

[①] 指雅罗斯瓦夫·卡钦斯基,当时的波兰执政党法律与公正党党魁。

"真好笑,但就此打住吧。"

"我也许会投他一票。"

"你尽管试试看。"

"怎么,你还不让了?"

"休想再吃苹果蛋糕,休想再蹭饭,遗产也没你的份儿。"

* * *

我特意挑看电视的点来探望母亲。这些奸诈小人我们已观看了不下上百次,经常听他们胡诌八扯。他们是一群大腹便便、油头粉面的议会元老,或头发稀疏的活动家、前市长、市政企业总裁、学校副校长、游泳馆主管,身经百战终于游到国家政治经臭氧消毒后的水域。也有一些稍微年轻点的、油光水滑的权力竞争者,他们经过长期有效训练,已经掌握了点头哈腰的艺术,成功抹去了一切个性化特征。

看着这些人在议院的过道里东奔西走,持续关注他们如何拉帮结伙、党同伐异,记录他们的起起落落,感觉很是奇妙。

政治能让我们放空脑袋,不用再惦记着账单、薪水、体检单。不用再挂念着父母,尽管我们于心不忍。不用再担心不受哄的孩子,尽管我们已使尽浑身解数。

政治是我们完全无法决定的东西。牙线、含氟牙膏派不上用场，不吃红肉、拒绝甜食派不上用场，健身、跑走跑、游泳、定期体检，这些统统派不上用场。

我们无罪无过。英国有天气，波兰有政治。

奇闻逸事

也许外婆是在一间公寓外遇到那个小男孩的。男孩的家人不许他待在窗边，以免有人透过玻璃瞥见他那滑稽的模样。他彬彬有礼地问我外婆："这位女士，请问您是否听说过耳朵的故事？"毕竟每个孩子都知晓鼻子的故事。这间公寓在哪儿？在城市什么方位？是哪一年的事情？小男孩究竟遭遇了什么？

我们的历史只由一件件逸事构成。这些逸事的主人公都是过客，只有一句台词，在干了某些搞笑的事情后，就识相地离场。

每件奇闻逸事都是一个点。我们的历史由散落各处、无法用线串起来的点构成。

奇闻逸事是族谱的对立面。

多年以后，人们开始热衷于绘制家族树。他们走访每一片教区、每一处墓地，上网搜罗各种出生证明、死亡证明、洗礼证明，挖掘各大数据库，摘抄墓志铭，搜索很久以前的讣告，最后甚至还和摩门教中心串通一气，只为得到一棵家族树，一张巨大的图谱，上面任何人都不是孤独的枝丫，叶子与叶子之间挨得紧紧的，谁也逃不掉。

即使你狠心抛妻弃子，不留一丁点痕迹，满世界流浪，并抛弃了对亲人和社会的责任，树上也总会有你的栖身之所，而你的直系血亲和你用线上下相连。我们的亲戚不多，但逸事多。

每逢节日聚会，我们家族的所有人都会坐在餐桌旁，分享彼此的奇闻逸事。每个人都有自己的使命。精通该体裁的大师负责讲新故事，他们就像决意要展示新唱片的音乐人，殊不知观众期待的其实是老段子，或说是"老金曲"，这些故事每年必听，比祷告还准时。多年后，我才明白，大家在讲要靠烹饪书《完美厨师》充饥的段子前，老挂在嘴边的开场白——"战争期间，我们被转运"——指的是他们被送去华沙隔都。

我不清楚日期，不知道后文，也记不得故事主人公的姓名和出生地，但这些故事我听了无数遍。这些故事有的讲战前格罗济斯克火车站的自助餐,有的和透明的男士打底裤有关,有的说外婆冒充厨娘时被迫要熬龟汤(你脑海中浮现出了什么?),还有的说在西班牙有一种只有面包皮的面包,但这并非欺客,反而口味独特——爷爷满脸惊讶地向我们分享(爷爷,你在西班牙做什么?)。还有人聊到西伯利亚(更具体点呢?)的醉酒奶牛,它们的肚子里填满了高纯度酒精酿造厂的酒糟,当然还有犹太报纸里刊登的滑稽广告(谁买这种报纸?),初中的教导主任(叫什么名字来着?),塞尔维亚监狱里的女囚友(你犯了什么要把你关在那儿?),一个水管工说了一句"啊谷谷"[1]。我的父母从不抢亲戚们的风头。这既不是他们的作风,也不是他们的经历。在这样的比赛里,年青一代毫无胜算可言,但他们会在该笑的时候笑。

---

[1] 玩躲猫猫时突然出现、吓唬别人时喊的口令。

米兰达

六月。草莓当季。水果薄饼——第一位新生代表——蛋白酥皮表面有小小的几滴糖浆。还有几瓶膨胀的美年达饮料，当时盖莱克①一时冲动，花大价钱拿下了这款饮料的经营权。我爷爷②对新的经济政策持怀疑态度，他把眼镜下移到鼻尖上，拿起金属瓶盖，与视线齐平，边用手拧，边缓慢地念出饮料的名字。他早就被移出权力圈。即使头发已灰白，但因为身材高挑，他仍是家里唯一一个帅气的男人。

"我在米兰达集中营待过。"他说道，"米兰达·德·埃

---

①爱德华·盖莱克，曾任波兰统一工人党中央第一书记。在波兰大力推动改革开放，引进外资，但最终却因沉重的外债负担和工潮迭起，被迫在1980年下台。
②即弗拉迪斯瓦夫·维哈（1904—1984），波兰金属工人、政治家。曾任波兰人民共和国内政部长、国务委员会成员，众议院议员。

布罗。"①

但他就此打住。

---

① "二战"期间,许多盟军飞行员在被占领的欧洲上空被击落后,为设法逃离德国势力范围抵达西班牙,并被关押在米兰达·德·埃布罗集中营。后由于人数众多,西班牙不得不额外设立了一个新的集中营。

脚注

"所以,你们已经和他们说了?"

"早就说了。"母亲扬扬自得起来,"我甚至都不记得什么时候的事了。"接着补充了一句(她当然记得),"那时候,他才三岁大。一切都很自然。"

哈,厉害吧!他们的父母,也就是我的祖父母就做不到这一点,父母这一代只得从各种未经考证的地方获取信息源。

他们可能是从大院的小伙伴那里、在剧院衣帽间或者在拍打毛毯的时候听说的。不仅如此,这些信息都以粗俗的方式传播,还免不了有害健康的亢奋或刺激。幸运的是,我的父母很不一样,他们能坦然地讨论这些难以启齿的话题。他们不会主动聊起,但当小朋友问到的时候,他们不会惊慌失措,而是实事求是、满怀敬畏地予以解答。他们所使用的词汇符合几岁儿童的理解能力，同时避免用婉辞以及幼稚的儿语。绝不拐弯抹角，而是开诚布公，把一切解释得清晰透彻后，点到即止。

"我们的车驶过犹太墓地的时候，该懂的都懂了。"

"啊哈。"伙计听罢，心生敬意。

"我告诉他，奶奶和外婆都是。"

"为了让他笑，我们还把图维姆搬了出来。"父亲呵呵大笑。

的确，图维姆是个大开心果。总之，我们有了一百个笑的理由。

我太想念我那既开明又时髦的父母了。

直到几十年后的某天，经历丧夫之痛的母亲，要带着孙女去参加某场前往隔都纪念碑的游行。依然是点到即止——四岁的小女孩又能听懂多少呢？她会如此解释：这是一场纪念"曾住华沙的犹太人"的游行。小女孩则会乖巧地接受这一说法，并没有抓着细节不放。直到走到中转营附近，她才问："那么德国人是怎么杀光他们的？"

墨渍

这个词以前并不存在。只有在骂脏话的时候,它才会从嘴里冒出来。同学之间的玩笑、谩骂和诨号中,也能看见它的身影。它是一个反常的词,是一处墨渍。

为谨慎起见,应在此处用括号加一条注释,只要翻翻词典、旧时的小说、百科全书,就会发现这个词并不陌生。

重要的是,这个词没有弄脏课本,没有玷污图书,没有爬满报纸,没有侵蚀内墙、外墙或是纪念碑。这个词在《多罗舍夫斯基波兰语词典》里的第三条释义是墨水留下的污渍。甚至还给了例句:

> 古斯特里克[①]大汗淋漓地用舌尖在纸上写下几个大

[①] 波兰 20 世纪 60 年代电视剧《四个坦克兵与狗》中的人物。

大的犹太①，不敢大声呼吸。

这个词能拿来打趣。第三个同义词——克莱克斯先生②——成功出现在波兰最受欢迎的童书书名里。克莱克斯舒舒服服地住在孩子们的书包里，待在官方书单里。这一红发魔法师没有引起任何人的怀疑，而创作者的姓氏也被用来给幼儿园和游乐场命名。

直到民主政权时期，右翼的地方委员会成员才开始对其产生不好的联想，并对此前的任性做法加以限制。

小时候，在我看到的世界里，犹太人也不存在。或者说，他们不敢大声地存在，但可以在四面白墙之间，可以在小团体内部，也可以在家里、在墓地里或者在历史中。

审查制度守护着这个秘密。负责守护的还有良好的作风，这包括守礼仪、循风俗、有教养、懂世故、不露锋芒。有一次我和一位已故艺术家的朋友聊天。

"他是犹太人？"我问道。

---

①在波兰语中，"犹太"（żyd）这个词在小写的时候，有墨渍的意思。
②波兰犹太裔儿童文学作家杨·布热赫瓦笔下的角色。在波兰语中，克莱克斯就是"墨渍"（kleks）一词的音译。

"怎么会呢。"

"那为啥他把所有作品都赠予了以色列?"

"不知道,那是他的私事。这算哪门子问题? 没人提起过这个话题,从来都没有。"

是啊,没人提起过的话题。但即便有人提起了,他们一直都是说波兰语的呀,不是吗? 他们的波兰语说得可好了,还把《巴尔拉迪娜》[①] 和《三部曲》[②] 倒背如流:

"姥姥,在你家里有谁是说犹太语的吗?"

"怎么会呢,大家都是读书人。"

说到底,还是如我一个更年长的亲戚所解释的:

"我不说我是犹太人,是因为不想让别人不自在。"

天啊,这话彻底把我母亲给惹怒了,她攥起这个词,闭上眼睛对着别人乱捅一气。外婆和姨母一听,眼睛都瞪大了。

"约阿霞,睁大你的眼睛吧。你懂什么,你们这代人又没经历过,你又没经历过。现在是现在,以前是以前。你要添点汤吗?"

但她就是不听劝,总是参与一些无谓的争论。我母亲在

[①] 波兰浪漫主义诗人、"三大游吟诗人"之一尤利乌什·斯沃瓦茨基在1834年创作的五幕悲剧。
[②] 指亨利克·显克维支的历史小说三部曲《火与剑》《洪流》《伏沃迪约夫斯基先生》。

种族问题上打的嘴仗，可谓同类嘴仗中最为人称道的部分。我还记得，有一位活力四射的胖先生，每次都分享同一件逸事：

"我感到一种不太对劲的愉悦，在我看见刚被解放不足一天的贝尔根-贝尔森①，"他张嘴就来，"还有那些个子矮矮的犹太妞儿的时候……"

这家伙只是想给大家分享一个最有意思的故事，最为火爆的一则假期奇闻。他总是以"不太对劲的愉悦"作为开场白，然后开始滔滔不绝。他为何非得在我母亲的面前提起这些"个子矮矮的犹太妞儿"呢？很快，他就后悔了。众目睽睽之下，母亲把这个混蛋大卸八块，撕成碎片，放在建筑师度假屋大堂里示众。拱形屋顶久久回荡着那个人的哭诉：

"这有什么冒犯人的？不然要怎么说？犹太妞儿身高偏低？"

她就是这样带坏那些高尚妇女的，对着老师嘶吼，盖住售货员的嚣张气焰，让排犹的的士司机闭上臭嘴，无论我们告诉她多少遍这样做无济于事，她仍一意孤行。

母亲就像一头闪米特犀牛一样投入战斗，那个不堪入耳

---

① "二战"时期的纳粹德国集中营。

的名词指的就是愤怒状态下的她,一位蛮横的犹太老婆子。

"妈,够了,咱们走吧。不然别人又要说你了。"

* * *

我的母亲啊,身上的缺点可不少。她就是人们口中"难相处的人",如同要得满分前的附加题,周六报纸上的填字游戏强化版。她的朋友们一致认为,她总是当面说真话。这不完全对,也不完全错,但有一点可以肯定:只要她想说,就没人能捂住她的嘴。

牌匾

后来,这个词开始出现。一开始很慢,很谨慎,K小城揭开了一块纪念牌匾。

有时会有一些外国旅游团来游览。我们的经济需要一些外汇。游客们从锃亮的大巴车上下来,到处闲逛,东瞧瞧,西看看,难免会产生很多疑问。

因此,在1983年这块牌匾应运而生。人们把它钉在电影院后门的边上,也就是放映员溜出来吸烟的通道(从影厅里传来低沉的对白以及放映机的嗡嗡声)。

那你说还能搁哪儿呢?前门已经有一个排片表玻璃柜了,要把柜子挪走?费劲。把牌匾放旁边?也是万万不能。一边是法西斯受害者,另一边是《"蛇王"钦盖古克》(东德作品,无限制)。

只能钉在后门了。牌子是关于前居民的——我能想象出他们花了多长时间才敲定合适的措辞。一个"前"字，听起来像是某人把这些人辞退，把他们从居民这一岗位上开除。

  谨此纪念三千名犹太裔波兰公民，这些前居民在第二次世界大战期间惨遭纳粹侵略者杀害。

我很好奇，他们是不是按字母给石匠算工钱。

形容词比名词要长得多，导致整句话形似一根跳高撑杆、竹制钓竿，或者有很多关节、很多定语和补语的机械臂，只为把那个能词有多远就放多远。

如此多的字母，如此多的层次，直到后半句的某处才悬挂着这位……谁？居民。前居民和前侵略者。据闻他们俩在某个时候产生过纠纷。

而另一个与众不同的名词则被勒令禁止使用，因为它如同墨渍，如同装有油漆的气球，不能在白色石壁上被挤破，不能在这座电影院，或说是这座前犹太教堂的外墙上被挤破。

此后的很多年里，人们将迎来克里兹莫[①]音乐会、能品

[①]克里兹莫（klezemer），在希伯来语中意为乐器（kley）和歌曲（zemer），这里指犹太音乐家、东欧犹太人的传统民间音乐。

尝到无酵饼丸子汤的餐厅、小摊小贩、来自死海的护肤品、油画（五颜六色的房子配上污渍般的黑袍）。当然还有手持银币的犹太人偶、拉小提琴的犹太人偶、拎着水桶的犹太人偶。矜持的时代已经过去，现在所有人都开始追逐利益。

当然了，不包括前居民。

大独裁者

那个时代有完美的电视机。没有遥控器的那种。也许美国有遥控器,但还没漂洋过海来到我们这儿。那时遥控器只在犯罪小说里才存在,译者灵光乍现,帮派喽啰们百无聊赖地摁着手里的"懒人神器"。

有时候,电视台的领导为了讨好观众,会放映迪士尼或者卓别林的电影。卓别林真是百看不厌。

某个节日期间,电视上播放了《大独裁者》(1940):红旗上的两个十字架。暴君与暴君的二重身。善良的理发师。与地球仪共舞。日出之下的慷慨演讲。

我印象最深的一个镜头。

我当然知道,那些只是好莱坞片场里的布景和道具。但没关系,那群人既可以大口畅饮橙汁和威士忌,开着雪佛兰,玩着爵士乐，戴着墨镜，也可以把大屠杀后的情景还原得分毫不差。

鲜血、玻璃碎、羽绒、撒得满地都是的物品。还有用木板封住的玻璃橱窗，上面用白石灰写着三个字母：JEW（犹太人）。我那时按波兰语的读音来念——听起来介乎呻吟和打哈欠。后来我又想，这会不会是某种替换加密的暗号呢，就像在《2001：太空漫游》中那台叫HAL的计算机映射的实则是IBM[①]？

好一幅欧洲风景画。水晶之夜[②]后的黎明。是谁提出要这样命名的？是冰雪女王吗？该隐。该隐，你的兄弟亚伯在哪？

后来，我在一本俄国油画集里发现一幅画。画的视角与街道齐平，应该是有人被摁倒在人行道上，脸颊紧贴大地。他能瞥见的只有发黄的墙壁，大量羽绒和鲜血。玻璃碴子不

[①]部分读者猜测，HAL其实是由IBM（美国著名信息科技公司）中每个字母在字母表中的前一个字母组成，但该说法被小说作者亚瑟·克拉克否认。
[②] 1938年11月9日至10日凌晨，在纳粹的怂恿和操纵下，希特勒青年团、盖世太保和党卫军走上街头疯狂挥舞棍棒，打砸抢烧犹太人的住宅、商店和教堂。因当晚被打破窗户的人家太多，月光下破碎的玻璃如同水晶，故戏称为"水晶之夜"。该事件标志着纳粹有组织屠杀犹太人的开始。

多，也许是因为玻璃是富足的西方城市文明才有的装饰，也许是人们还抱有在玻璃房里就没人扔石头的幻想。

我自己立即画了一幅类似的。画布上是一条空空如也的街道（因此省了不少画人物的工夫），建筑外墙斑驳，露出的红砖犹如补丁，还有些木板，一架小推车。

我在画作中融入了电影的氛围感，但其他细节主要源自我个人的细致观察。我重新勾勒出了离家最近的一家蔬果店的入口处，脱漆的门框，一旁的空箱子堆成金字塔的模样。我找准地儿了。在这潮湿的洞穴里的，不仅是我们经常买酸菜和土豆的地方，战前还是一家犹太洁食①肉铺。

最后，我还画上了几个词：JEW, JEW, JEW, 并把这幅画当作礼物送给母亲。我最知道怎样能逗她开心。

---

①洁食，即符合犹太教规的食品。

你好，多莉

我认识不少擅长沉默的大师，但有一位姨妈是大师中的大师。"姨妈"这个称呼并不是重点。我们的血缘关系既疏远，又复杂，我们之间的关联微乎其微，细得像一根线，甚至可能根本就没任何联系。这个荣誉头衔适用于每一个在战争前就已经认识的人。每一个心里还惦记着我们的人，都算我母亲的家人。

她是个伪装行家，头发染成金色，看起来与实际年龄不符。

战争结束后，她抹去一切痕迹，接受了洗礼，不仅成了一名天主教徒，还成了一名新教徒，且成为一名素食主义者（那个年代的人更爱说她是"吃素的"）。她也是东正教堂的常客。有一次，她踏上旅途，跨越整个波兰，应该是去深山里，或是去海边，也可能是去"回归区"①。我也不知道，我感觉我好像说多了，会因此负上不可饶恕的背叛之罪。

这位"荣誉姨妈"精力充沛，整天满欧洲跑，忙着处理大小事务。偶尔会来探望我母亲。

有一回，她来我们家做客，只待了几个小时。父亲本来还想送她去机场的，但为了能看当时电视上热播的音乐剧《你好，多莉！》，她特意改乘火车。她坐在电视机前面，嘴里咕咕哝哝，目光一刻也不愿离开荧幕上的芭芭拉·史翠珊。

"这女孩真棒呀。"她自言自语，"这女孩可太棒了，对吧？"

在她心目中，史翠珊是胜利的象征。超过了以色列的军队、海水淡化装置、雅法的橘子林、拖拉机工厂。

我想，只有在史翠珊面前，姨妈才能敞开心扉，才会卸去一切伪装。没有什么能瞒住史翠珊的，因为姨妈的一部分已经和史翠珊融为一体。史翠珊仿佛接管了她的生命，而她一点儿都不介意。

---

① "二战"结束后，波兰领土发生变迁，东部部分领土并入苏联，而德国东部部分领土则划归波兰，因为这片土地在12世纪以前属于波兰固有领土，故被波兰当局称为"回归区"。

我说你好，多莉，

好吧，你好，多莉

看你回到你心所属的地方真好

你看起来真棒，多莉

相信我，多莉

你仍旧闪闪发光

你仍旧欢呼雀跃

你仍旧在愈变愈强。

多年以后，我在油管上找到一段很老的电视节目录像，是美国为了庆祝以色列国庆举办的一场音乐会。不得不承认，美国的犹太人为此倾注了大量心血，又唱又弹，还大抖包袱。全场的高潮——啊！——是史翠珊和果尔达·梅厄[①]的现场电话连线，史翠珊在舞台上给前总理打电话。

"果尔达吗？"

"很高兴听见你的声音。不能与你见面，实属遗憾。"

"技术条件还不成熟。"

"到我九十大寿时再看看？"

[①]以色列开国者之一，曾担任以色列劳工部长、外交部长及第四任总理，世界上第三位女性总理，一度被称为"以色列铁娘子"。

果尔达，一位犹太老奶奶，从舞台上方悬挂的巨大屏幕上俯视众人。她虽然看不见史翠珊，但能听见她唱以色列国歌。这首国歌并不适合给踏正步伴奏，因为它带有某种乌克兰摇篮曲的旋律。（别怕，别怕；摇篮曲常常这样安抚我们，别怕，别怕。）

我有种感觉，果尔达·梅厄看史翠珊的眼神，一定和姨妈看自己的侄女一样，但其实她并不是什么姨妈，其实她早就死了，下葬时用的还是别人的名字、别人的墓志铭，在一座陌生的城市。城市的名字我已记不清。

当时我应该把视频链接发给母亲的，但因为我们那会儿在吵嘴，后来一直没能成行。

门卫

"你爷爷奶奶真算是优雅地老去了。"有一次我母亲这样评价道。

"那外婆呢?"我问道。

什么童言无忌,其实都是屁话。小孩子其实就和八卦周刊的法务部门一样狡猾透顶,他们太知道何时应该用问号,如何使法律诉讼失效了:"我们小孩只是爱提问。"

"不。"

奶奶头脑清楚。

而外婆则是活在混乱中,活在伤感中,活在云雾缭绕(她吸俱乐部牌的烟)中。她的房间里堆满了杂物,家具上积了黏糊糊的灰尘。这些灰尘连燃气炉都不放过。使劲扒拉一下,才能瞥见灰尘下的木头年轮和抛光痕迹。

就连书脊的组合方式都让人感到抑郁：《火刑》[1]、《每个人都孤独地死去》、《黑色方尖碑》。外婆生前不是拿着一份填词游戏，就是捧着一本借来的小说，一坐就是一整天。灰色的纸质封面渐渐被塑料覆膜封面所取代，但她在书籍条形码出现之前，就已经去世了。我母亲的母亲。

而我奶奶则总是记得要在桌布下面再放一块格子图案的桌垫，准备好用来泡拉塔菲果酒的水果。

这就是我父亲的母亲。非常忠诚。对权力忠诚，对世界忠诚。有人曾写过，她看起来像极了一位时刻注重形象的教师。

的确，就是有一些人，不论从事哪种职业，举手投足都散发着老师的气息，或者像带领外国人参观车间的领队，对铁路边上的房源赞不绝口的房产中介。

奶奶的无所不能，让我母亲难以置信。毕竟她曾为我外婆的无力而深感失望。

大概是在1985年，电视上播了《浩劫》[2]中的一个片

---

[1]原著标题为《迷惘》，《火刑》为波兰语译本书名。德语作家、1981年诺贝尔文学奖得主埃利亚斯·卡内蒂的代表作。
[2]克洛德·朗兹曼导演的探讨"二战"期间犹太人大灭绝的纪录片超长片，影片长达九小时。

段——一群波兰农民站在教堂前面,以及那句"您割呀,反正疼的不是我"。正好这个片段播出之前,《每日新闻》刚愤愤不平地对影片发布了一条评论。"你们看看,他们是怎样诋毁我们的。"他们如此说道,"如此嚣张地诋毁我们,一心想着怎样诋毁我们。刚一转过身来,就开始诋毁我们。我们明明救了他们,而他们还反过来诋毁我们。"

外婆看了这部电影后,一言不发。

奶奶则愤愤不平,为电视台的愤愤不平频频点头,忠诚地给愤愤不平的主持人配和弦,以表支持。

后来我目睹了很多次类似的集体愤愤不平,既是真情流露,也是压力的释放,终于能加入受害者的共同体,终于能和兄弟姊妹们在集体的怒火旁取暖了。

奶奶指出,朗兹曼的电影过于片面且缺乏公正。这也是我第一次听见奶奶跳出逢人必说的三件逸事,直接谈及德占时期的历史。

最后,她用无可辩驳的语气,供出了所有论据中的王炸:

>有一次,我在街上遇到战前住的寓所的门卫。他肯定还认得我。他不可能不认得我。但他就这么与我擦肩而过,视同陌路。

光

本来要把这则简短的讣告刊登在一个大方框里的，寥寥数语的周围有充足的"光"。印刷机下的悲伤之画、沉默之画（而且看起来不至于小气）。

但显然，这一天的逝者太多了，方框也因此缩了水，边缘没有了。最后用来告别外婆的，是一个又小又寒酸，还被挤到栏目下方的矩形框框。

"有人偷东西！"母亲哭诉道，"他们连这都不放过，连这块白色的地方都不留给她，把最后一口空气都给偷了。"

"这个叫'光'。"

"启事部那群该死的贱人把她的'光'给偷走了。"

灭绝

某天,我女儿问我:

"为什么会有灭绝?"

虽然我早就知道,迟早会问到这个,但为何是现在?为何这么快?

"你懂的。"我开口说,"人,人有时候……"

"人?"

"有些人。"

"所以是人为造成的?"

"人为造成的。对。一些人对另一些人。也就是说,有时候,一群人,人们有时候会这样。"

"不是陨石造成的?"

"陨石?"

"难道恐龙不是因为陨石灭绝的?"

"当然了,是陨石没错。"

第二天我跟我同事说起这件事(当时我在右翼媒体工作)。所有人都乐开了花,其中一位还问我:

"你有没有告诉你女儿,这不是波兰人干的?"

三、该笑就笑

Śmiech w odpowiednich momentach

有一天母亲打来电话。我们当时在互相生着闷气,但我忘了是因为啥。

"你来一趟。"她说。

"我正忙着呢。"我回道。

"那忙完再过来。"

我熟悉这种语气。她手里一定握着一张大牌,比以往的牌都大。我连忙出发。

一进玄关,就看见她的朋友。这是我们生活里永恒不变的点。一旦有事发生,朋友们就会过来。她们是古希腊戏剧里的合唱队,全体大会,董事会紧急会议。她们往往围坐在床边,围坐在餐桌边,围坐在电话边,拨打电话,找烟灰缸,做出决议。

但这一次与以往不同。阿姨们放低音量,抱了抱我,就离开了。

留下母亲一个人蜷缩在紫罗兰色沙发的一隅,旁边是堆积成山的报纸。她一言不发,给我递来一张橙色的单子。

我心领神会。

我能想象医生当时的模样。边看片子,边用两根手指在键盘上敲出病情描述。点击"打印"前,伸手去拿打印纸。橙色的纸一般放在一块儿,也许有一刀纸那么多,也许还有几张在文件袋里,因生怕被人看见而压在抽屉最底下。也可能需要喊人过来。

"护士小姐,你那儿还有橙色的纸吗?这里需要一些橙色的纸。"

也许用红色的纸更合适,但这样的话,就看不清上面的字了。

医生把纸放进打印机,聆听喷头喷出一个个字母。一行结束,嘎吱,换行,字母跟着字母,如同编织梭。

在这之后,橙色单子被夹在一沓白色单子中间,几经易手,一碰就发出嘶嘶声,把每位护士的手指都烫伤,最终来到我们手上。

突然,母亲吭声了。她告诉我外公是饮弹自尽的。

"我从没和你说过这件事。我那时候不在家,有人跑去学校告诉我的。从没和你说过,是因为我不知如何开口好。而且你这么聪明,应该也猜到了吧。事情发生后,我开始厌学,做什么都无精打采,什么都听不懂,但老师还是给我打了高分。因为我爸死了,才给我打高分。"

她又说,共产党员很杂,他们其实从未真正信任过她父亲,她父亲低人一等,这种感觉一直都很明显。

"别说了。"我回应道,"说不定你会逃出生天呢。"我又补了一句。

"真的吗?"她问。

这就好像是没回政府来信,把信封扔到抽屉里就忘了,没人告诉你要完成这项手续。其他人都记得,都付钱,都拿到付款凭证,我们则要缴滞纳金,被罚息。

但没错,当然了,我以前就知道。也许我一直都知道。从我看到葬礼照片的那一天起,我就知道。那些照片存在信封里,信封上有一个新闻机构的粉色邮戳。

照片里,外婆带着两个小孩,我刚开始还认不出他们。外婆站立的姿势不太对劲,有点歪向一侧,双眼充满了恐惧。两个孩子也是如此,我的母亲也是如此。

母亲一直都这样。现在也是,歪坐在沙发的一个角上。

"说不定你会逃出生天。"我又重复了一遍。

"你真这样想?"她问得过于热切了。

母亲也许怕过。

"只有一个孩子的话,我还能把它藏好。"她曾说,"要是有两个孩子,我就束手无策了。"

她做了一些数学推算,把火车、月台、里面财物所剩无几的包袱、手臂的力气和人群的压力都考虑在内。人群压过来,牵手不够力气,人群压过来,将她和她假想中的孩子,也就是后来的我分开。这一切都是黑白的,是波兰电影学派最出色的镜头。

我母亲诸多恐惧症都是动态的,这些症状多由性急、纠结和混乱引起,还和要被迫下决心、做选择、犯错误,以及之后要付出的代价有关。

她没有静态的恐惧症。她害怕的东西里,至少她告诉我的那些里,绝对没有密室、衣柜、阁楼和低矮的地下室。

我母亲的祖父母和叔叔——她从未见过他们——他们在某个地堡结束了一生。但也可能是在大门前，在大院里，在街道上。

也许他们是自己跑出来的。举旗。开火。他们本以为结束了。每个人都有失算的权利。战争结束后，外婆就着手寻找他们的踪迹。但找到的东西足以让她不要再找下去，最好是想都不要再想。

他们就这样在那个夏天被抹去。他们仨。再多过几个月，就要哀叹一句倒霉透了——他们都撑了这么久，眼看着就要结束……但没有。他们在解放前半年被抹去，同时被抹去的还有半座城[①]。没什么新鲜的。

在生命的最后时刻，我母亲还坚持要求把被抹去的仨人放到被抹去者的中央档案库里。

她填写外文表格，甚至还给他们挑了一个最有可能的死亡日期，1944 年 8 月 1 日，这么做似乎是想把这几位不认识的故人与袖章、街垒、欢快的歌谣以及一切与他们无关的东

---

① 指 1944 年 8 月 1 日至 10 月初，为在苏联红军抵达前解除德军占领，以免战后由另一方占主导，波兰家乡军发起的对抗纳粹的华沙起义。最终，波兰方投降。此次起义伤亡惨重，波兰约 85% 的土地被破坏。

西联系在一起。他们化作爱国主义故事里的一勺焦油①，没必要把它捞出来。我母亲的恐惧症与地堡无关，也与巷战无关，而与焦灼难耐的逃命有关。

最后一班火车。总是最后一班，仿佛从头到尾就只有一班。名单上的最后一个空位，出于心软而在名单最下面补充的最后一个名字。你跟我们一块离开吧。不，你还是留下来吧。我们还有一个空位。我们没位置了。会有的。你陪父母留下来吧。快，快点，别磨磨叽叽。

*　*　*

她曾恐惧。报纸上的一则消息、名册上的一个名字、电台里播报的某个词语都足以让她突然无法动弹。

但同时她也懂得如何去吓唬别人，认为恐惧是基础的教育工具。也许她没错。

她去世后，我找到了一枚金币，据说是给那些专门告发犹太人的人准备的。

---

①出自波兰语俗语"一桶蜂蜜里的一勺焦油"，意为情况总体很好，只有一点不愉快。

某天，母亲服用了过量的吗啡。我们来到她身边时，她如实汇报："我没有脑出血，我没有骨折。"接着又补充，"噢，对，得去医院了。"再接着突然来一句："Yes."

"Yes."

"什么？"

"Yes, yes."

"你怎么说起英语来了？"

"Body language."

"什么 body language？"

"别出声。Yes."

"你想喝水？你嗑药了。"

"Yes."

"还来？"

"Yes."

"你为什么要说英语?你明明不懂英语。"

"Body language."

"究竟为什么?"

"嘘!我们被监听多久了?"

"我们没被监听。"

"苹果手机在监听。他们什么都知道。"

"你想多了。"

"他们要来抓我们了?"

"又没人禁止他们。"

"Yes!"

坐救护车不需要系安全带。有道理。更糟糕的事情已经发生过了。

"您是家属吗?"

"对,病历在我这儿。"

"您先拿着,还不用出示。"

医院给救护车停靠的地方看起来就像是超市的后门,给大货车卸货的地方。

一位女医生站在柜台后面,负责收货,检查货单。

"临终关怀?今天都运来好几车了。"

身着红色制服的救护人员左右脚交替站立,医生仿佛蜥蜴一般一动不动。没位置了。无计可施。束手无策。

穿红色制服的人不轻易让步。这个夜晚多暖和,他们可不想浪费时间,拉着一箱可疑的货物,在医院间来回穿梭。

他们开始争论。红衣人拿医院及其等级划分标准说事儿,医生则让对方别对自己指手画脚。

实际上,说不定我认识她,也许我们有共同好友,经常到同样的地方去,说不准她还是某人的姐姐、表妹、同事。

此刻,我得说几句,让她注意到我就站在旁边,还有担架上那个水平形状的物体,那个米黄色毯子底下凸起来的东西——这个包袱——其实还是个活生生的人。

母亲用一辈子来教我,来训练我。就是现在,是时候了,该出手了。我那忠诚的语言啊!我之前还给你献过东西呢——虽然忘了具体是啥,但我现在有难,快来帮我吧。

书上说,得盯着对方的眼睛……也可能相反,不能盯着对方的眼睛。反正就是和眼睛有关。还要赋予受害者人性。对,是《沉默的羔羊》告诉我的。遇到麻烦时,还是犯罪小说最靠谱。

"您看,"我终于吭声,"我也是安乐死的支持者……"

(无反应)。

"……但我们非得从我母亲开始吗?"

(无反应)。

这也是某本书告诉我的。女医生敲了敲键盘,寻找位置。我有种错觉,好像身处影院似的,售票员这就要把屏幕旋转到我面前——红色表示已选，绿色表示可选，上方表示屏幕——那我选第十二排中间的那个吧。

"她名叫某某。昨天还好好的，完全能自理。"我飞快地解释补充道，"她是个很聪慧的人。"

我好像在自卖自夸。嘿，小姑娘，你就可怜可怜我们吧，你不会吃亏的。仿佛在抗战时期：尊敬的长官，您就再让她活一阵子吧。尊敬的德国人，您看看这琉璃般的眼睛，就像人眼一样。

等着吧。女医生在打电话、接电话。救护人员在外面吸烟。门半开半掩，能听见电台的沙沙声，以及调度员破碎的嗓音。

女医生心软了。

"我个人是反对在这种情况下住院的。"她说。

"我理解，可这是母亲的意思……"

"您应该知道病人现在处于哪个阶段吧？"

"知道。但我想说的是，母亲现在意志模糊……"

"意识模糊。"

"对，意识模糊，医生在救护车里也这样说，但前天她还能与人正常交流。"

"没错，可那是前天，"她耸了耸肩，"但现在就——"她忽然打住。

当她拒绝接收病人时，眼皮都不抖一下，现在却不好意思说"您的母亲快死了"。这就是波兰，这就是波兰语。在这个充满昵称的国度里，一个活人可以被当作死人来对待，前提是必须要加上"妈妈""妈咪"。

"您的妈咪已经走到最后一步了，我只能这样说了。"

她再次敲起键盘，之后把母亲收治入院。

我差点就以为是我说服了她。原来是母亲的几个朋友去求了某个重要人物帮忙。

早上好些。医生来到了母亲身边。

"那您之前感觉如何?"医生和蔼地询问。

(无反应)。

"您知道您为什么在这儿吗?"医生重复了一遍。

"大概是因为祖宗造了孽吧。"母亲思索片刻后应道。后来她趁医生不在时跟我说:

"我这回答真妙。"

的确,非常妙,为你欢呼,你又得手了。那家伙抬起眉毛,视线从诊疗卡上移开,盯着你看——他是怎么盯的?类似满脸疑惑、惊讶、佩服?也许他还记住你了。你已经不是被扔到他们科室的不起眼包裹了。这就是你的目的。这就是你日思夜盼的。

"你爸彼得雷克呢?"母亲问。

"早就不在了。"

"都这时候了,他得在啊。"她说。

她还是不能接受轻巧的推辞,还是不接受上天的安排。如果他真心想来,就一定会来,死亡算哪门子理由。

"你穿得像个傻子。"她转换话题。

"正常。"

"我有话要对你说,而且不是普通的叽叽歪歪。我要说说我对你的看法。"

"我知道你是怎么看我的。"

"你早上来过,但你却没进来坐坐。你在走廊那里晃来晃去,唱着军歌《爷爷到过托布鲁克》。"

"你嗑太多吗啡了,晓得不?"

"你们所有人都晃来晃去,都在唱托布鲁克。还带上那个女人一起唱。"

"你的幻觉。"

"你休想骗过你妈的眼睛,别忘了你妈是犹太人。"她越说越大声,"你敢大点声,让大家都能听见不?"

"我没来过。我问你啊,你养我这么大,就是为了能让我一大早就跑来医院,高唱一曲'孙子啊你要记住,爷爷我到过托布鲁克'?"

"那不然呢？唉。"

到了晚上：

"我等了你一整天。你才来，就要走了。"

"我可以留下来。"

"我怎么会强留你呢！又一个愉快的夜晚在等着我。"

"你睡得不好？"

"不好。"

"半夜会醒吗？"

"会醒啊，唉。"

母亲回家了，但一肚子火。

一段时间以前，家庭医生没有给她做出正确的诊断。他本应该发现的，但母亲撒起谎来，眼都不眨一下。她自欺欺人，说没什么大碍，说年纪大了都这样，还说只需开些药，补充点营养，去一家专门使用神奇的以色列疗法的诊所看看就行。我们都上当了。

就连这个心地善良、持证上岗的医生也被糊弄了。

后来，母亲的朋友们把她拽去做体检，才真相大白。此后，她突然对家庭医生有了深深的好感，她无论如何都不愿意换掉他。

"想要什么药，他都给我开！"她得意扬扬。

"我打电话他都会接！"她沾沾自喜。

"以最快的速度！"她神气十足。

"就像飞毛腿！"她心满意足。

因为,他的良心受到了谴责。

因为,他正在被良心撕咬。

我母亲的语言就跟勒索信差不多,用剪报、谚语和加密引语拼接而成。她的词汇能应对每一种情形,就像一个工具盒,里面有能拧不同螺丝的螺丝刀,还有能打开不同门锁的钥匙。

她用这些词来搭建语言结构,构建多重复合句,当中隐藏着的无数从句如同捕狼的陷阱。这些句子就是作战计划、军事行动谋略,从侧翼包抄,攻其软肋,打敌人个措手不及。

而现在,我们几个围在她身边。

"我希望,"她说,"我的某个家人,我的某个家人能够。"

(虽然我们仨就站在她身边,但她没有对着我们任何一个人说话,仿佛有一个看不见的演讲厅,我们被尴尬地夹在中间。她希望某个家人能够。正常来说她会加上"好心":"我希望,我的某个好心的家人能够。")

"我希望,我的某个家人提醒那个女人——"

(提醒!那个女人!)

"提醒那个女人,让她——"

(她忘词了。不知用哪个词好。她忘了怎么说"喝""茶""咖啡""温一点的"。她还忘了女护工的名字,但还懂得如何用语气来吓唬我们)。

"我希望——"她又重复一遍。

(语气更重了)。

"我的某个家人。"

(某个。哪个都可以。)

"家人——"

(在强调这是义务)。

"能够——"

(能够—愿意—好心—劳驾)。

"那个女人——"

(那个肤色黝黑、脑子不太灵光的女人,那个我们请来的女护工,那个不中用的女护工。选她也许是出于报复)。

"让她——"

(让她干吗?)

"……"

(她不记得,她不记得)。

"算了。"我母亲说,"无所谓了。"

她随即陷入沉默,一整天都不和我们说话。不想再冒险。通过沉默,她可以重新夺回对词语的控制。

"你就跟返老还童了一样,"我向她耳语,"又要保姆来照顾了。像她吗?像弗瓦嘉女士吗?"我问她,"还是有点像的吧?"

回答只可能有一种。

"一点都不像。"

从那时起,屋子里就充斥着女护工的声音,她用某种糅合了波兰语、俄语、乌克兰语的世界语跟我母亲交流。

"在医院糟,在屋子号。我们有句老话:我是老大我做注。"①

"我给她淌,她吃得少,早上刚吃了一订点儿……也拉了粑粑。我给她李子,要她好拉。"

----
①这节里的错别字和蹩脚表达为译者故意为之,以体现原文里不标准的波兰语。

"我水得已经不那么沉了（她一喊我，我听得见）。"

"崂天啊，要所有事都好吧。崂天啊。"

"哈喽，你听得见吗？感觉怎么样？"

"……"

"天气很好。洛特卡在活动室里做了个气球实验，很成功呢。""噢。""你说了'噢'？""噢。""天气很好。我们走路回家的。有家商店开业大酬宾，送气球和巧克力。你有在听吗？说句话吧，说'噢'也行。""噢。""他们开始卖雪糕，但不卖有轨电车票，也许是划不来。你听得见吗？""……""你是不是累了呀？想安静一下？今天天气……天气很好。我们回家时……你想一个人静静？""……""那好吧，你好好睡一觉，晚安。明天我来一趟，或者打电话给你。""晚安，亲爱的。"她清晰响亮地说道。

母亲已经读不了《选举报》了,但还把它捧在手里。周末特刊,又皱又厚,因为没有把里面夹着的东西扔掉。报纸里的漆面广告页稍显突兀,上面画着不同型号的锄草机。

电视开着。

"她叫什么,这个女演员?"我问她。

"……"

"《我爱您,苏维克先生》[①]里的?"我继续问。

"独一无二。"

"啥?"

"《独一无二》里的苏维克先生。"

"那这演员叫什么名字?"

"……"

---

①始播于1973年的系列广播喜剧。

过了一会儿。

"小丫头开始迷上慢跑了。"我说。

"……"

"前天一直跑到公园去。"

（笑声）。

"但又要花钱了，显然这项运动需要专业跑鞋。要是不给她买专业跑鞋，她就会难过得要命……她那副表情，你知道，就像是饿坏了的孩子盯着糖渍水果。我们还是投降了，玛尔塔带她去买鞋。但这事可没那么简单，简直要命，店里的小伙子问了一大堆问题，跑步的距离，跑步的场地……但她截至目前只跑了一次，跑到公园，再跑回来，所以她自己也记不清路面是什么材质。"

"……"

"所以她买了一双粉红色的。"

（笑声）。

不久前，婆孙们还一起搭电车和公交从城市一端到另一端，因为她们在苦苦犹豫许久后，终于决定好要买哪款毛绒玩具了（穿绿裤子的狐獴？戴巴斯克贝雷帽的猕猴？），回家时准少不了那得意扬扬的模样。

回家的路上也免不了冒险,她们总会恰巧碰上陶艺工作坊、展览或者节庆。有一次,她们闯到一场"大麻自由"游行里,只因母亲误把它当成了花园野餐会。

要是临阵脱逃,脸面何存。于是,回家的路上,母亲给孙女们不断解释,什么叫合法化,以及毒品就是罪恶。"所以说,禁得好。"孩子如此总结道。外婆不得不耐心地向她们解释自由主义世界观的种种荒谬之处。

电视仍然开着,但已经没人播放视频或者关于被分开的双胞胎的电影了。孩子坐在床边,给奶奶不厌其烦地讲着笑话。一则在校报里读到的笑话。报纸是花一兹罗提买的,很受一到三年级小朋友的欢迎。里面都是些像《格鲁吉亚趣闻录》《我们地区的复活节习俗》这样的长文,但最吸引人的还是网络笑话集。

"然后,小兔子来到商店问:'有奶酪吗?'店员说有,于是小兔子买了奶酪就离开了。第二天他又来买奶酪。第三天还来……"

(笑声)。

"奶奶,别急。最后,有一天这名店员问:'小兔子,你买这么多奶酪干啥呀?'小兔子叫店员跟他一起走。于是,他们俩走到湖边，小兔子把奶酪扔到了湖里……"

（笑声）。

"不不，还没完呢。小兔子把奶酪扔到湖里，湖水咕噜噜响起来，店员问他：'小兔子，那里面住着什么呀？'小兔子说：'我也不知道，但它非常喜欢奶酪。'"

（笑声）。

"还有，如果黑发女和金发女同时从楼上掉下来，你知道谁先着地吗？我只知道有个女人头上顶着只青蛙来看医生。"

（笑声）。

笑话说完了，我们准备回家。

"我们改天再来啊。"我承诺道。

下午轮到她的朋友值班，给她读书。有时我也会过来，她们就会跟我知会值班的情况。

"今天她没吱声，"一位朋友说，"但当我给她读书的时候，她笑了。"

"该笑的时候，"我母亲突然说起话来，"我在该笑的时候笑了。"

后来才知道，这是她生前的最后一句话。

我每次去看母亲,电视上都开着"电视剧"台。有时候也会跳到某个乌克兰新闻频道,那时护工会赶紧拿起遥控器换台。

房间里很热。

贝蒂模仿着美国口音。胡子叔叔和他那要用显微镜才看得见的左膀右臂,那个长得跟蟋蟀一样的马屁精。我认得这个演员,他曾唱过一首蟋蟀之歌。但也可能是蚂蚁。马太神父①骑着自行车。护工一看见马太神父就露出了笑容。

"我之前到过这座城市。"我说,"叫作桑多梅日。"

母亲一言不发,汗涔涔的。屏幕上出现一位心地善良的女主人,一位总是把元音拖得老长的质朴女人。理性的化身,

---

①波兰国家电视台从2008年起播出的一部同名犯罪悬疑电视剧里的主人公,该剧改编自意大利电视剧《侠探神父》。

人民智慧的宝库。每部电视剧里都有这样的人物。

1984年,《07,请回答》[1]里有一集丽夏达·哈宁正是扮演了这样的角色。她穿着围裙,头上绑着丝巾,试图说服一位神父兼反动分子与军警合作,这一切纯粹出于对她自身利益的考量。母亲被激怒了。

"看,她总是会站队。"她朝屏幕骂了一句。

丽夏达·哈宁曾在古比雪夫战事电台对着麦克风号召大家加入战斗。这在《赶在上帝之前》[2]中有提及,当时古比雪夫的居民抡起武器,战斗一触即发。你还记得不?

不久前,还好好的。我们一起看《马太神父》的时候,我就在一旁猜谁是真凶。

"闭嘴!"母亲说道。"蠢材。"补了一句。

她是在护工面前卖弄,其实我也是在卖弄。现在她却一言不发。她的双眼黑黢黢的,身上全是汗珠。

"电视剧"频道是循环播放,播完最后一集后又倒回来,

---

[1] 1976—1989年波兰的一部犯罪悬疑剧。
[2] 波兰作家、记者、报告文学大师汉娜·克拉尔的著作,其灵感及素材基于华沙犹太人起义的最后一名指挥官马雷克·埃德尔曼关于华沙犹太隔都的回忆以及自己作为心脏外科医生的经历。

不是从头来过。她远走高飞，他另寻新欢，没过多久，两人又再破镜重圆。一些角色消失不见后，又再度回归。有时候，他们的回归伴随着回忆的涌现，像鬼魂一样纠缠着他们身边的人。时光往前走，又往后退。像执拗的升降电梯一样无法挣脱。

"不是所有神父都是好人。"我对护工说。

"战争就要来了。"乌克兰女人应道，"你们这些人不懂俄国佬。"

"妈妈的病情在加重，"女医生断定，"你看她心不在焉，飘到别处去一样。今天我问了她几个很简单的问题，她都回答不了。"她开始举例。

我有种在参加家长会的感觉。

"我认为，"我试图替母亲说好话，"她什么都懂，但就是不想张嘴回答。"

我觉得比较合理的解释是，她就是不想开口说话。一如既往，她只是想掌控局面。

"疾病导致的疲惫？没错，这挺常见的。"医生没有反驳，"但您明白，对吧？"

"我明白。"

"已经慢慢开始离开了。"医生换了一种更准确的说法，"妈妈正在离开，您明白吧？"

"是的。"

"那个快要来了,您明白吗?那个要来了,您明白吗?那个。"

救护车又来了。三个男人。大量红色的戈尔特斯面料。轮子上的担架嘎吱作响。

"我以前见过您。"我说,"去年夏天也是您来接的,您还聊起您的爸爸。"

他避开了我的目光。也许救护人员是不能向别人分享自己父母去世的场景的。也许他只是不想让同事们知道。

"最后一次的出院证明请给我看一下。出院证明,您有留着吗?身份证请出示一下。我要扎针,量体温,量血压。"

恐惧。

"我们可以办住院。"另一个我不认识的说道,"我们可以办住院,如果你们想的话。"

"不,不办住院。"

"那在这个方框里打叉,'我不同意'那里,然后这里签字。"

那个曾用小勺子、用奶嘴,像喂婴儿一样给父亲喂饭的救护人员向我点了点头(你做得很好)。

"恐怕也没有医院会接收了。"他低声评论道。

"这儿也要签名。还有这儿。"

"我们哪儿都不去啊。"我对母亲说。

吗啡镇痛泵传来阵阵低哼声。

"马尔钦先生,她呻吟得太可怕了。"女护工对我说。

什么都不用担心了啊。

好了啊。好了啊。好了啊。

别再气了啊。别再担心了啊。别再怕了啊。

好了。好了。

我很爱你。

大家都爱你。大家都爱你。大家都爱你。大家都爱你。大家都爱你。

不担心了啊。不气了啊。

不怕了啊。

我知道了。我懂了。

我们不怕了啊。

"我给您留个电话,如果是早上六点前的话,您可以打给他们。深夜救护。"

第二晚我打过去了。凌晨四点。两个小时后("我们两小时后到,这是留给家人们的时间"),一位年轻女子出现,身穿反光马甲,上面写着"医生"。

"这是您最后一次出车了吧?"

"对。"

深夜救护。但现已拂晓,且无人可救。

医生让填表。护工给乌克兰的家人打电话,并走了出去。只剩我一个。只剩下我,以及旁边这具躯体。我没往那边看。

传来清晨第一班电车的声音。我心里感到很平静,就像看着一件已经扎实完成了的作品似的。

"妈,well done。"

"Yes."

灵车停在屋前。是波尔多红色的（"这样可以不让人那么伤心"——母亲准会这样说）。一侧是个商标、一条枝丫以及拉丁铭文。

司机关上车门。突然，我脑海中有个想法，我是不是应该给他点钱呢，小费或者是买路钱？在这件事上，一定有某种规则，只是之前没人告诉过我。

男人摇下车窗。

"您稍等，"我边说边给他递上五十兹罗提，"别太颠簸啊。"没错，我只是觉得应该说点什么。

后来就没什么了，直到我们回到母亲的公寓，搬来两箱葡萄酒，一些矿泉水和果汁，安排丧席。现在都改叫"来吊唁"或"送葬后，来一趟呗"。

空气里还有 Wi-Fi 信号，客人们的手机或平板电脑上还是原来的名称——只有我知道那是母亲小时候养的爱犬的名字。狗是什么神奇杂交品种？当然，不是田园狗，而是腊肠犬和纽芬兰犬的结合。脚趾间有蹼的那种。

现在得通风透气，得把"猫"关掉，得把这些物品清理掉。还要打电话，贴告示。再好好活下去。

还有：

开封后的咖啡要放入冰箱。

香蕉的头尾要切掉。

做沙拉不要舍不得放蒜。

要时不时当着别人的面说真话，不是每次都要说，而是经常说，说到别人害怕为止。

没了。

我留下的图书

简·奥斯汀:《爱玛》,雅德薇佳·多莫霍芙斯卡译,华沙,1963年

维多利亚·什丽沃芙斯卡编:《大屠杀的孩子们说》,华沙,1993年

莉迪亚·弗雷姆:《我如何清算我父母的房产》,伊丽莎白·布拉科芙斯卡译,华沙,2005年

安妮·戈西尼:《老爸》,玛格达琳娜·塔拉尔译,克拉科夫,2013年

《美丽之人,正当二十》,《马雷克·赫瓦斯科作品选》第五卷,华沙,1989年

韦涅季克特·叶罗费耶夫:《从莫斯科到佩图什基:长诗》,妮娜·卡尔索芙、西蒙·舍赫特译,伦敦,1976年

康斯坦丁诺斯·卡瓦菲斯:《谁缔造了……伟大的拒绝》,西格蒙·库比亚克译,收于康斯坦丁诺斯·卡瓦菲斯《诗选》,华沙,1995年

《吃得美味且健康》,合著,莫斯科,1952年

玛丽亚·莱姆尼斯、亨里克·维特里:《单身与情侣皆可用的厨艺书》(缺封面和扉页,无出版日期与出版地)

玛丽亚·莱姆尼斯、亨里克·维特里:《古波兰厨房与波兰餐桌》,华沙,1979年

康拉德·洛伦兹:《与动物畅谈》,芭芭拉·塔尔纳斯译,华沙,2014年

安东尼·斯沃尼姆斯基:《清醒与幻想》,华沙,1966年

尤里·特里丰诺夫:《时间与地点》,雅尼娜·嘉尔诺芙斯卡译,华沙,1985年

柳德米拉·乌利茨卡娅:《绿帐篷》,耶日·雷德里希译,华沙,2013年

维克多·沃洛施尔斯基:《西里尔,你在哪儿?》,华沙,1962年

玛丽亚·任塔罗娃:《微生物》,华沙,1980年

某英语教材,缺封面和扉页,无作者、出版日期与地点

等等,等等。

关于纸张与八十年代的那一部分（27—28页）在2016年9月24日《选举报》的《纸与人》专栏中刊登过。圆珠笔的历史（106—107页）收录于2015年第3期《时尚永垂》的《设计之贱民》一文中。我引用了弗沃基米耶日·卡利茨基刊登在2004年9月27日《选举报》里的《我爱大钞：与钞票设计师安杰伊·海德里希对谈》，见Wyborcza.pl（访问时间：2017年2月2日）。

《母亲的厨房》是卢奇安·申瓦尔德[①]一首长诗的题目。

谨对我母亲的朋友们致以诚挚谢意。她们对我母亲不离不弃。同时，我也感谢她们向我分享对母亲的回忆（我在101—102页援引了其中一条）。

[①]波兰诗人、士兵、共产主义活动家。

译后记

一言以蔽之,"这是个关于物品的故事"。这本小小的书,承载着作者和他的物品世界。更准确地说,应该是其物品世界的剪影。未弃之物的前提,是已弃之物。但取也好,舍也罢,都是生者与逝者的唠嗑。对物品的梳理,也是对生命的复盘,对死亡的挑战。当生命中你最珍视的人消失后,除了在脑海中拼接记忆碎片外,还可以假借物的世界,物与人的纽带,来重组和重述一部个人化的历史。这也是维哈撰写这本回忆录的初衷。

读者们捧在手上的,还是一本剪贴簿,尽管里面一张照片也没有。这本书无须页码。每一位读者,甚至每一位译者,都可以像翻阅相册一样,任凭指尖跳跃,即兴掀开一页,下一页,再下一页……上面也许夹着几张黑白照片,上面的人和事，我们或感到陌生，或感到莫名的亲切，幸运的话，还能看到一位脸庞被挡住的姑娘，她在隐藏着什么？有时，里面还夹着一些风景写生、几支圆珠笔、一包过期的白砂糖、一瓶带劲儿的美年达。当然，少不了书！书！书！陌生的书名分布在地形图般的书脊上，像是神秘符号，看不懂，猜不透，但里面的人物却栩栩如生，文字边上的插图和我们的童年一样色彩斑斓，似曾相识之感油然而生。

然而，读者一不小心，就会闯入禁区，跌入深渊，这本剪贴簿不乏对灾难的纪实、对仇恨的还原、对荒诞的反抗……还有一串串神秘数字、年份、月份，以及无法用合法语言表达的支支吾吾。

这是一部个人化的历史、一部私人回忆录。阅读它，就像在别人家里做客，主人在厨房为客人准备晚餐，其中一个充满好奇心的客人，很可能是你，在欣赏着客厅的书墙，满怀期待地伸手取下一本词典，翻开后却发现，这竟是一本太晚开始书写的日记。你可能会想：为什么这本"词典"放在如此显眼的位置？这是我该看的吗？它不会才是今晚的主角吧？

相信很多读者和我一样，在阅读维哈的《未弃之物》时，都会怀着忐忑不安的心情，仿佛自己一不留神就窥视了别人的私密记忆。但这种偷窥并非主动透过门缝用眼睛偷窥，而是被动的、不经意间的偷窥。偷窥的内容也并非某一简单的场景，而是剪贴簿上让人眼花缭乱的符号、数字、封面、照片、笑容、关键词。不仅如此，偷窥的过程还相当缓慢，也许直至读到"没了"的那一刻，你才猛然发现，你窥探了一部个人史、一部家庭史、一部时代史、一部社会史……

又或许，维哈只是想写写他母亲，写写书架以及上面陈列的书，写写那些该笑就笑的瞬间。

林歆
2023年秋于波兰